〔唐〕王維 著

王維詩集

廣陵書社

中國·揚州

圖書在版編目（CIP）數據

王維詩集 / (唐) 王維著. -- 揚州 : 廣陵書社,
2019.1(2020.8重印)
(經典國學讀本)
ISBN 978-7-5554-1160-4

Ⅰ. ①王… Ⅱ. ①王… Ⅲ. ①唐詩－詩集 Ⅳ.
①I222.742

中國版本圖書館CIP數據核字(2018)第288214號

書　　名　王維詩集
著　　者　〔唐〕王維
責任編輯　李　佩
出 版 人　曾學文
裝幀設計　鴻儒文軒

出版發行　廣陵書社
揚州市維揚路349號　郵編:225009
(0514)85228081(總編辦)　85228088(發行部)
http://www.yzglpub.com　E-mail:yzglss@163.com
印　　刷　三河市華東印刷有限公司

開　　本　880毫米×1230毫米　1/32
印　　張　7.25
字　　數　82千字
版　　次　2019年1月第1版
印　　次　2020年8月第2次印刷
書　　號　ISBN 978-7-5554-1160-4
定　　價　38.00圓

王摩詰

摩詰生平詩名冠代復工草隸善畫思入神品至山水平遠雲根石色皆天機所到學者不及性好佛喪妻不娶鰥居三十年嘗蔬食飯僧齋中布經案退朝後焚香默坐屏絕塵累後表輞川第為寺塟于其西

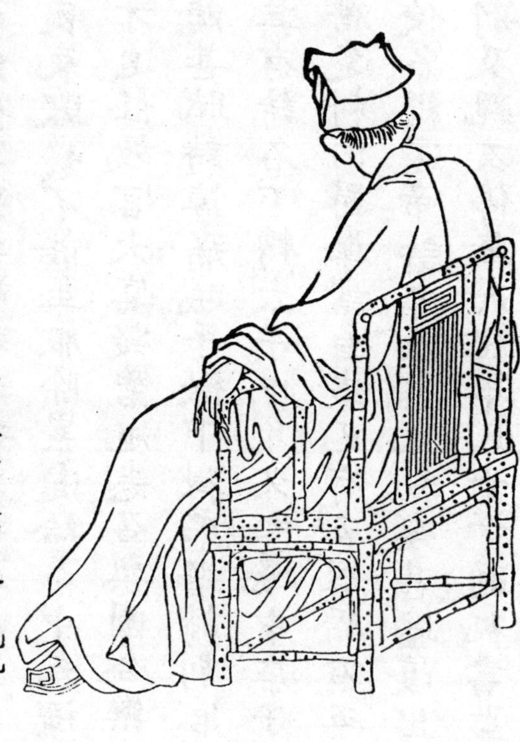

王維字摩詰太原祁人九歲知屬辭十九擢進士第一調大樂丞為濟州司倉參軍張九齡執政擢右拾遺歷監察御史性孝友母喪哀毀幾不能生服除累遷給事中為祿山所得素知其才迫任故官大宴凝碧池悲召梨園合樂諸工皆泣維聞悲甚賦詩悼痛賊平徵下獄弟縉請削官贖其罪上亦憐其有詩名下轉太子中允久之遷中庶子尚書右丞會弟縉遠刺川蜀摩詰自表已有五短縉有五長願歸所任官使名縉還帝許之至上元初疾甚縉復出鎮鳳翔作書與別及親友停筆而化年六十一贈秘書監

選自《唐詩畫譜・五言畫譜》

竹里館　王維

獨坐幽篁裏彈琴復長嘯深林人不知明月來相照

俞汝忠畫臣

選自《唐詩畫譜・五言畫譜》

選自《唐詩畫譜・六言畫譜》

幽居　王維

山下孤烟遠村
天邊獨樹高原
一瓢顏回陋巷
五柳先生對門

選自《唐詩畫譜·六言畫譜》

選自《唐詩畫譜·七言畫譜》

少年行

新豐美酒斗十千，咸陽遊俠多少年。相逢意氣為君飲，繫馬高樓垂柳邊。

佛林盛可繼

盛可繼印

選自《唐詩畫譜·七言畫譜》

編輯説明

自上世紀九十年代始，我社陸續編輯出版一套綫裝本中華傳統文化普及讀物，名爲《文華叢書》。編者孜孜矻矻，兀兀窮年，歷經二十載，聚爲上百種，集腋成裘，蔚爲可觀。叢書以内容經典、形式古雅、編校精審，深受讀者歡迎，不少品種已不斷重印，常銷常新。

國學經典，百讀不厭，其中藴含的生活情趣、生命哲理、人生智慧，以及家國情懷、歷史經驗、宇宙真諦，令人回味無窮，啓迪至深。爲了方便讀者閲讀國學原典，更廣泛地普及傳統文化，特于《文華叢書》基礎上，重加編輯，推出《經典國學讀本》叢書。

本叢書甄選國學之基本典籍，萃精華于一編。以内容言，所選均爲家喻户曉的經典名著，涵蓋經史子集，包羅詩詞文賦、小品蒙書，琳琅滿目；以篇幅言，每種規模不大，或數種彙于一書，便于誦讀；以形式言，採用傳統版式，字大文簡，讀來令人賞心悦目；以編輯言，力求精擇良善版本，細加校勘，注重精讀原文，偶作簡明小注，或酌配古典版畫，體現編輯的匠心。

當下國學典籍的出版方興未艾，品質參差不齊。希望這套我社經年打造的品牌叢書，能爲讀者朋友閱讀經典提供真正的精善讀本。

廣陵書社編輯部

二〇一七年十二月

出版説明

王維（七〇一—七六一），字摩詰，先世爲太原祁（今山西祁縣）人，其父遷居于蒲州（今山西永濟），遂爲河東人。開元進士。累官至給事中。安禄山叛軍陷長安，被迫受僞職。亂平後，降爲太子中允。後官至尚書右丞，世稱王右丞。中年後居藍田輞川，過着亦官亦隱的優游生活。與孟浩然同爲盛唐山水田園詩派代表詩人，合稱『王孟』。有《王右丞集》。

王維的詩衆體兼擅，尤工五律、五絶，獨樹一幟，引人注目。其最擅長描寫自然風景，有描繪山水風光，有反映田園生活。蘇軾評王維詩説：『味摩詰之詩，詩中有畫；觀摩詰之畫，畫中有詩。』（《東坡題跋·書摩詰藍田烟雨圖》）道出了王維文藝創作的最大特色。此外，王維的邊塞、紀行、送別、贈友等詩作中，也常出現動人的寫景語句，使全篇光彩熠熠，閃耀于盛唐詩歌的群星之中。

最有代表性的還是田園山水詩。它們大抵是詩人後期半官半隱時所作，摻雜了較多的個人情緒，内容比較複雜。如田園詩《渭川田家》《新晴晚望》《田家》等篇，勾勒了農村平凡而又美麗的日常風光，形象鮮明，生意盎然。又如山水詩《終南山》《漢江臨泛》《曉行巴峽》等名作，氣魄宏大；《桃源行》《山居秋暝》等名篇，恬静優美。鄉野村居、湖光山色，經過王維的生花妙筆，都寫得氣韵生動，不但呈現出不平凡的一面，而且仿佛都具有靈魂和情感。

王維詩歌創作的才能是多方面的。除了寫景詩，幽憤詩如《西施咏》，取材于歷史人物，借古諷今，耐人尋味；邊塞詩如《使至塞上》，慷慨激昂，抒發英雄氣概與悲壯豪情；送别詩如《送元二使安西》，感情真摯，膾炙人口，成爲最流行、傳唱最久的古曲；思鄉詩如《九月九日憶山東兄弟》，含蓄深沉，情真意切，流傳千古。

王維除了能詩，其在繪畫上的造詣同樣高。他在《偶然作》中寫道：『宿世謬詞客，前身應畫師。』自己即以詩畫并稱。他也擅長音樂，彈得一手好琵琶。另外，王維佛學修養極高，他的名和字均取自《維摩詰經》，有『詩佛』之稱。對繪畫、音樂、佛學的精通，使得王維的詩歌富有畫意、音樂美和禪理佛趣。

《王維集》最初由其弟王縉編成，共十卷，收詩文凡四百餘篇。今存最早的王維集刻本爲北宋蜀刻本《王摩詰文集》十卷，另有南宋麻沙刻本《王右丞文集》十卷，元刻本《須溪先生校本唐王右丞集》六卷（有詩無文），明嘉靖無錫顧氏奇字齋刊本《類箋唐王右丞詩集》十卷（附《文集》四卷、《外編》一卷等）、洞陽書院刊顧可久注《唐王右丞詩集注説》六卷，清乾隆刊趙殿成《王右丞集箋注》二十六卷等。本社此次編輯出版的《王維詩集》，以清康熙年間揚州詩局刻《全唐詩》本爲底本，參校清趙殿成《王右丞集箋注》，收詩三百八十餘首，對于有些詩作因版本導致題名不同、作者不同的，以按語形式置于相應篇幅之後。并附録歷代題咏、詩評若干則，便于讀者更加深入地解讀王維之詩。

廣陵書社編輯部

二〇一八年十一月

目録

卷一

卷三

卷四

卷一

酬諸公見過

時官未出。在輞川莊。

嗟予未喪，哀此孤生。屏居藍田，薄地躬耕。歲晏輸税，以奉粢盛。晨往東皋，草露未晞。暮看烟火，負擔來歸。我聞有客，足掃荆扉。簞食伊何，副瓜抓棗。仰厠群賢，皤然一老。愧無莞簟，班荆席藁。泛泛登陂，折彼荷花。静觀素鮪，俯映白沙。山鳥群飛，日隱輕霞。登車上馬，倏忽雨散。雀噪荒村，鷄鳴空館。還復幽獨，重欷累嘆。

奉和聖製登降聖觀與宰臣等同望應制

鳳扆朝碧落，龍圖耀金鏡。維嶽降二臣，戴天臨萬姓。山川八校滿，井邑三農竟。比屋皆可封，誰家不相慶。林疏遠村出，野曠寒山静。帝城雲裏深，渭水天邊映。喜氣含風景，頌聲溢歌咏。端拱能任賢，彌彰聖君聖。

奉和聖製御春明樓臨右相園亭賦樂賢詩應制

複道通長樂，青門臨上路。遥聞鳳吹喧，闇識龍輿度。褰旒明四目，伏檻紆三顧。小苑接侯家，飛甍映宫樹。商山原上碧，滻水林端素。銀漢下天章，瓊筵承湛露。將非富人寵，信以平戎故。從來簡帝心，詎得迴天步。

奉和聖製送不蒙都護兼鴻臚卿歸安西應制

上卿增命服，都護揚歸旆。雜虜盡朝周，諸胡皆自鄶。鳴笳瀚海曲，按節陽關外。落日下河源，寒山静秋塞。萬方氛祲息，六合乾坤大。無戰是天心，天心同覆載。

扶南曲歌詞五首

翠羽流蘇帳，春眠曙不開。羞從面色起，嬌逐語聲來。早向昭陽殿，君王中使催。

堂上青弦動，堂前綺席陳。齊歌盧女曲，雙舞洛陽人。傾國徒相看，寧知心所親。

香氣傳空滿，妝華影箔通。歌聞天仗外，舞出御樓中。日暮歸何處，花間長樂宮。

宮女還金屋，將眠復畏明。入春輕衣好，半夜薄妝成。拂曙朝前殿，玉墀多珮聲。

朝日照綺窗，佳人坐臨鏡。散黛恨猶輕，插釵嫌未正。同心勿遽游，幸待春妝竟。

隴西行

十里一走馬，五里一揚鞭。都護軍書至，匈奴圍酒泉。關山正飛雪，烽戍斷無烟。

從軍行

吹角動行人，喧喧行人起。笳悲馬嘶亂，爭渡金河水。日暮沙漠陲，戰聲烟塵裏。盡繫名王頸，歸來報天子。

早春行

紫梅發初遍，黄鳥歌猶澀。誰家折楊女，弄春如不及。愛水看妝坐，羞人映花立。香畏風吹散，衣愁露沾濕。玉閨青門裏，日落香車入。游衍益相思，含啼向彩帷。憶君長入夢，歸晚更生疑。不及紅簷燕，雙栖緑草時。

早朝

皎潔明星高，蒼茫遠天曙。槐霧暗不開，城鴉鳴稍去。始聞高閣聲，莫辨更衣處。銀燭已成行，金門儼騶馭。

獻始興公 時拜右拾遺。

寧栖野樹林，寧飲澗水流。不用食粱肉，崎嶇見王侯。鄙哉匹夫節，布褐將白頭。任智誠則短，守仁固其優。側聞大君子，安問黨與讐。所不賣公器，動爲蒼生謀。賤子跪自陳，可爲帳下不。感激有公議，曲私非所求。

贈從弟司庫員外絿

少年識事淺，强學干名利。徒聞躍馬年，苦無出人智。即事豈徒言，累官非不試。既寡遂性歡，恐招負時累。清冬見遠山，積雪凝蒼翠。皓然出東林，發我遺世意。惠連素清賞，夙語塵外事。欲緩携手期，流年一何駛。

座上走筆贈薛璩慕容損

希世無高節，絶迹有卑栖。君徒視人文，吾固和天倪。緬然萬物始，及與群物齊。分地依后稷，用天信重黎。春風何豫人，令我思東溪。草色有佳意，花枝稍含荑。更待風景好，與君藉萋萋。

贈李頎

聞君餌丹砂，甚有好顏色。不知從今去，幾時生羽翼。王母翳華芝，望爾崑崙側。文螭從赤豹，萬里方一息。悲哉世上人，甘此羶腥食。

贈劉藍田

籬中犬迎吠，出屋候柴扉。歲晏輸井稅，山村人夜歸。晚田始家食，餘布成我衣。詎肯無公事，煩君問是非。

按：一作盧象詩。

贈房盧氏琯

達人無不可，忘己愛蒼生。豈復少千室，弦歌在兩楹。浮人日已歸，但坐事農耕。桑榆鬱相望，邑里多鷄鳴。秋山一何净，蒼翠臨寒城。視事兼偃卧，對書不簪纓。蕭條人吏疏，鳥雀下空庭。鄙夫心所向，晚節異平生。將從海嶽居，守静解天刑。或可累安邑，茅茨君試營。

贈祖三咏濟州官舍作。

蟏蛸挂虚牖，蟋蟀鳴前除。歲晏凉風至，君子復何如。高館闃無人，離居不可道。閑門寂已閉，落日照秋草。雖有近音信，千里阻河關。中復客汝潁，去年歸舊山。結交二十載，不得一日展。貧病子既深，契闊余不淺。仲秋雖未歸，暮秋以爲期。良會詎幾日，終自長相思。

春夜竹亭贈錢少府歸藍田

夜静群動息，時聞隔林犬。却憶山中時，人家澗西遠。羡君明發去，采蕨輕軒冕。

戲贈張五弟諲三首 時在常樂東園，走筆成。

吾弟東山時，心尚一何遠。日高猶自卧，鐘動始能飯。領上髮未梳，床頭書不卷。清川興悠悠，空林對偃蹇。青苔石上净，細草松下軟。窗外鳥聲閑，階前虎心善。徒然萬象多，澹爾太虛緬。一知與物平，自顧爲人淺。對君忽自得，浮念不煩遣。

張弟五車書，讀書仍隱居。染翰過草聖，賦詩輕子虛。閉門二室下，隱居十年餘。宛是野人也，時從漁父魚。秋風日蕭索，五柳高且疏。望此去人世，渡水向吾廬。歲晏同携手，只應君與予。

設罝守毚兔，垂釣伺游鱗。此是安口腹，非關慕隱淪。吾生好清静，蔬食去情塵。今子方豪蕩，思爲鼎食人。我家南山下，動息自遺身。入鳥不相亂，見獸皆相親。雲霞成伴侣，虚白侍衣巾。何事須夫子，邀予谷口真。

胡居士卧病遺米因贈

了觀四大因，根性何所有。妄計苟不生，是身孰休咎。色聲何謂客，陰界復誰守。徒言蓮花目，豈惡楊枝肘。既飽香積飯，不醉聲聞酒。有無斷常見，生滅幻夢受。即病即實相，趨空定狂走。無有一法真，無有一法垢。居士素通達，隨宜善抖擻。床上無氈卧，鎘中有粥否。齋時不乞食，定應空漱口。聊持數斗米，且救浮生取。

贈裴十迪

風景日夕佳，與君賦新詩。澹然望遠空，如意方支頤。春風動百草，蘭蕙生我籬。曖曖日暖閨，田家來致詞。欣欣春還皋，淡淡水生陂。桃李雖未開，荑萼滿其枝。請君理還策，敢告將農時。

與胡居士皆病寄此詩兼示學人二首

一興微塵念，横有朝露身。如是睹陰界，何方置我人。礙有固爲主，趣空寧捨賓。洗心詎懸解，悟道正迷津。因愛果生病，從貪始覺貧。色聲非彼妄，浮幻即吾真。四達竟何遺，萬殊安可塵。胡生但高枕，寂寞與誰鄰。戰勝不謀食，理齊甘負薪。予若未始異，詎論疏與親。

浮空徒漫漫，泛有定悠悠。無乘及乘者，所謂智人舟。詎捨貧病域，不疲生死流。無煩君喻馬，任以我爲牛。植福祠迦葉，求仁笑孔丘。何津不鼓棹，何路不摧輈。念此聞思者，胡爲多阻修。空虛花聚散，煩惱樹稀稠。滅想成無記，生心坐有求。降吴復歸蜀，不到莫相尤。

奉寄韋太守陟

荒城自蕭索，萬里山河空。天高秋日迥，嘹唳聞歸鴻。寒塘映衰草，高館落疏桐。臨此歲方晏，顧景咏悲翁。故人不可見，寂寞平陵東。

林園即事寄舍弟紞次荆州時作。

寓目一蕭散，消憂冀俄頃。青草肅澄陂，白雲移翠嶺。後浦通河渭，前山包鄢郢。松含風裏聲，花對池中影。地多齊后癘，人帶荆州癭。徒思赤筆書，詎有丹砂井。心悲常欲絶，髮亂不能整。青簟日何長，閑門晝方静。頽思茅簷下，彌傷好風景。

至滑州隔河望黎陽憶丁三寓

隔河見桑柘，藹藹黎陽川。望望行漸遠，孤峰没雲烟。故人不可見，河水復悠然。賴有政聲遠，時聞行路傳。

秋夜獨坐懷内弟崔興宗

夜静群動息，蟪蛄聲悠悠。庭槐北風響，日夕方高秋。思子整羽翰，及時當雲浮。吾生將白首，歲晏思滄洲。高足在旦暮，肯爲南畝儔。

和使君五郎西樓望遠思歸

高樓望所思，目極情未畢。枕上見千里，窗中窺萬室。悠悠長路人，曖曖遠郊日。惆悵極浦外，迢遞孤烟出。能賦屬上才，思歸同下秩。故鄉不可見，雲外空如一。

酬黎居士淅川作 曇壁上人院走筆成。

儂家真個去，公定隨儂否。著處是蓮花，無心變楊柳。松龕藏藥裹，石唇安茶臼。氣味當共知，那能不攜手。

送魏郡李太守赴任

與君伯氏別，又欲與君離。君行無幾日，當復隔山陂。蒼茫秦川盡，日落桃林塞。獨樹臨關門，黃河向天外。前經洛陽陌，宛洛故人稀。故人離別盡，淇上轉驂騑。企予悲送遠，惆悵睢陽路。古木官渡平，秋城鄴宮故。想君行縣日，其出從如雲。遙思魏公子，復憶李將軍。

送陸員外

郎署有伊人，居然古人風。天子顧河北，詔書隸征東。拜手辭上官，緩步出南宫。九河平原外，七國薊門中。陰風悲枯桑，古塞多飛蓬。萬里不見虜，蕭條胡地空。無爲費中國，更欲邀奇功。遲遲前相送，握手嗟異同。行當封侯歸，肯訪商山翁。

送宇文太守赴宣城

寥落雲外山，迢遞舟中賞。鐃吹發西江，秋空多清響。地迥古城蕪，月明寒潮廣。時賽敬亭神，復解罟師網。何處寄相思，南風吹五兩。

送綦毋校一作『秘』。書棄官還江東

明時久不達，棄置與君同。天命無怨色，人生有素風。念君拂衣去，四海將安窮。秋天萬里浄，日暮澄江空。清夜何悠悠，扣舷明月中。和光魚鳥際，澹爾蒹葭叢。無庸客昭世，衰鬢日如蓬。頑疏暗人事，僻陋遠天聰。微物縱可採，其誰爲至公。余亦從此去，歸耕爲老農。

奉送六舅歸陸渾

伯舅吏淮泗，卓魯方喟然。悠哉自不競，退耕東皋田。條桑臘月下，種杏春風前。酌醴賦歸去，共知陶令賢。

送别

下馬飲君酒，問君何所之。君言不得意，歸卧南山陲。但去莫復問，白雲無盡時。

送張五歸山

送君盡惆悵，復送何人歸。幾日同携手，一朝先拂衣。東山有茅屋，幸爲掃荆扉。當亦謝官去，豈令心事違。

齊州送祖三

相逢方一笑，相送還成泣。祖帳已傷離，荒城復愁入。天寒遠山净，日暮長河急。解纜君已遥，望君猶佇立。

按：詩題，《國秀集》作『河上送趙仙舟』，《河嶽英靈集》《文苑英華》《唐文粹》《唐詩紀事》並作『淇上送趙仙舟』。

送縉雲苗太守

手疏謝明主，腰章爲長吏。方從會稽邸，一作『郊』。更發汝南騎。按節下松陽，清江響鐃吹。露冕見三吴，方知百城貴。

送從弟蕃游淮南

讀書復騎射，帶劍游淮陰。淮陰少年輩，千里遠相尋。高義難自隱，明時寧陸沉。島夷九州外，泉館三山深。席帆聊問罪，卉服盡成擒。歸來見天子，拜爵賜黃金。忽思鱸魚膾，復有滄洲心。天寒蒹葭渚，日落雲夢林。江城下楓葉，淮上聞秋砧。送歸青門外，車馬去騤騤。惆悵新豐樹，空餘天際禽。

送高適一作『道非』。弟耽歸臨淮作坐上作。

少年客淮泗，落魄居下邳。遨游向燕趙，結客過臨淄。山東諸侯國，迎送紛交馳。自爾厭游俠，閉户方垂帷。深明戴家禮，頗學毛公詩。備知經濟道，高卧陶唐時。聖主詔天下，賢人不得遺。公吏奉纁組，安車去茅茨。君王蒼龍闕，九門十二逵。群公朝謁罷，冠劍下丹墀。野鶴終踉蹌，威鳳徒參差。或問理人術，但致還山詞。天書降北闕，賜帛歸東菑。都門謝親故，行路日逶迤。孤帆萬里外，淼漫將何之。江天海陵郡，雲日淮南一作『陰』。祠。杳冥滄洲上，蕩漭無人知。緯蕭或賣藥，出處安能期。

送綦毋潛落第還鄉

聖代無隱者，英靈盡來歸。遂令東山客，不得顧採薇。既至君門遠，孰云吾道非。江淮度寒食，京洛縫春衣。置酒臨長道，同心與我違。行當浮桂棹，未幾拂荊扉。遠樹帶行客，孤城當落暉。吾謀適不用，勿謂知音稀。

按：詩題，一作『送別』。

送張舍人佐江州同薛璩十韻走筆成。

束帶趨承明，守官唯謁者。清晨聽銀蚪，薄暮辭金馬。受辭未嘗易，當御方知寡。清範何風流，高文有風雅。忽佐江上州，當自潯陽下。逆旅到三湘，長途應百舍。香爐遠峰出，石鏡澄湖瀉。董奉杏成林，陶潛菊盈把。彭蠡常好之，廬山我心也。送君思遠道，欲以數行灑。

送韋大夫東京留守

人外遺世慮，空端結遐心。曾是巢許淺，始知堯舜深。蒼生詎有物，黄屋如喬林。上德撫神運，沖和穆宸襟。雲雷康屯難，江海遂飛沉。天工寄人英，龍衮瞻君臨。名器苟不假，保厘固其任。素質貫方領，清景照華簪。慷慨念王室，從容獻官箴。雲旗蔽三川，畫角發龍吟。晨揚天漢聲，夕捲大河陰。窮人業已寧，逆虜遺之擒。然後解金組，拂衣東山岑。給事黄門省，秋光正沉沉。功名與身退，老病隨年侵。君子從相訪，重玄其可尋。

資聖寺送甘二

浮生信如寄，薄宦夫何有。來往本無歸，别離方此受。柳色藹春餘，槐陰清夏首。不覺御溝上，銜悲執杯酒。

留别山中温古上人兄并示舍弟縉

解薜登天朝，去師偶時哲。豈惟山中人，兼負松上月。宿昔同游止，致身雲霞末。開軒臨潁陽，卧視飛鳥没。好依盤石飯，屢對瀑泉渴。理齊小狎隱，道勝寧外物。舍弟官崇高，宗兄此削髮。荆扉但灑掃，乘閑當過拂。

觀別者

青青楊柳陌，陌上別離人。愛子游燕趙，高堂有老親。不行無可養，行去百憂新。切切委兄弟，依依向四鄰。都門帳飲畢，從此謝親賓。揮涕逐前侶，含悽動征輪。車徒望不見，時見起行塵。余亦辭家久，看之泪滿巾。

別弟縉後登青龍寺望藍田山

陌上新離別，蒼茫四郊晦。登高不見君，故山復雲外。遠樹蔽行人，長天隱秋塞。心悲宦游子，何處飛征蓋。

别綦毋潛

端笏明光宫，歷稔朝雲陛。詔刊延閣書，高議平津邸。適意偶輕人，虚心削繁禮。盛得江左風，彌工建安體。高張多絶弦，截河有清濟。嚴冬爽群木，伊洛方清泚。渭水冰下流，潼關雪中啓。荷蓧幾時還，塵纓待君洗。

晦日游大理韋卿城南别業四首四聲依次用，各六韻。

與世澹無事，自然江海人。側聞塵外游，解驂輗朱輪。極野照暄景，上天垂春雲。張組竟北阜，泛舟過東鄰。故鄉信高會，牢醴及家臣。幸同擊壤樂，心荷堯爲君。

郊居杜陵下，永日同携手。人里靄川陽，平原見峰首。園廬鳴春鳩，林薄媚新柳。上卿始登席，故老前爲壽。臨當游南陂，約略執杯酒。歸與紬微官，惆悵心自咎。

冬中餘雪在，墟上春流駛。風日暢懷抱，山川好天氣。雕胡先豐酌，庖膾亦雲至。高情浪海嶽，浮生寄天地。君子外簪纓，埃塵良不啻。所樂衡門中，陶然忘其貴。

高館臨澄陂，曠然蕩心目。淡蕩動雲天，玲瓏映墟曲。鵲巢結空林，雉雊響幽谷。應接無閑暇，徘徊以躑躅。紆組上春堤，側弁倚喬木。弦望忽已晦，後期洲應緑。

冬日游覽

步出城東門，試騁千里目。青山横蒼林，赤日團平陸。渭北走邯鄲，關東出函谷。秦地萬方會，來朝九州牧。鷄鳴咸陽中，冠蓋相追逐。丞相過列侯，群公餞光禄。相如方老病，獨歸茂陵宿。

華嶽

西嶽出浮雲，積翠在太清。連天凝黛色，百里遥青冥。白日爲之寒，森沈華陰城。昔聞乾坤閉，造化生巨靈。右足踏方止，左手推削成。天地忽開拆，大河注東溟。遂爲西峙嶽，雄雄鎮秦京。大君包覆載，至德被群生。上帝佇昭告，金天思奉迎。人祇望幸久，何獨禪云亭。

同盧拾遺韋給事東山別業二十韻給事首春休沐維已陪游及乎是行亦預聞命會無車馬不果斯諾

托身侍雲陛，昧旦趨華軒。遂陪鵷鴻侶，霄漢同飛翻。君子垂惠顧，期我于田園。側聞景龍際，親降南面尊。萬乘駐山外，順風祈一言。高陽多夔龍，荆山積璵璠。盛德啓前烈，大賢鍾後昆。侍郎文昌宫，給事東掖垣。謁帝俱來下，冠蓋盈丘樊。閨風首邦族，庭訓延鄉村。采地包山河，樹井竟川原。岩端回綺檻，谷口開朱門。階下群峰首，雲中瀑水源。鳴玉滿春山，列筵先朝暾。會舞何颯踏，擊鐘彌朝昏。是時陽和節，清晝猶未暄。藹藹樹色深，嚶嚶鳥聲繁。顧己負宿諾，延頸慚芳蓀。蹇步守窮巷，高駕難攀援。素是獨往客，脱冠情彌敦。

藍田山石門精舍

落日山水好，漾舟信歸風。玩奇不覺遠，因以緣源窮。遥愛雲木秀，初疑路不同。安知清流轉，偶與前山通。捨舟理輕策，果然愜所適。老僧四五人，逍遥蔭松柏。朝梵林未曙，夜禪山更寂。道心及牧童，世事問樵客。暝宿長林下，焚香卧瑶席。澗芳襲人衣，山月映石壁。再尋畏迷誤，明發更登歷。笑謝桃源人，花紅復來覿。

按：《文苑英華》「捨舟理輕策」以下另爲一首。

青溪

言入黄花川，每逐青溪水。隨山將萬轉，趣途無百里。聲喧亂石中，色静深松裏。漾漾泛菱荇，澄澄映葭葦。我心素已閑，清川澹如此。請留盤石上，垂釣將已矣。

崔濮陽兄季重前山興 山西去亦對維門。

秋色有佳興，況君池上閑。悠悠西林下，自識門前山。千里横黛色，數峰出雲間。嵯峨對秦國，合沓藏荆關。殘雨斜日照，夕嵐飛鳥還。故人今尚爾，嘆息此頽顔。

李一作『石』。**處士山居**

君子盈天階，小人甘自免。方隨煉金客，林上家絶巘。背嶺花未開，入雲樹深淺。清晝猶自眠，山鳥時一囀。

丁寓田家有贈

君心尚栖隱，久欲傍歸路。在朝每爲言，解印果成趣。晨鷄鳴鄰里，群動從所務。農夫行餉田，閨婦起縫素。開軒御衣服，散帙理章句。時吟招隱詩，或製閑居賦。新晴望郊郭，日映桑榆暮。陰盡小苑城，微明渭川樹。揆予宅閭井，幽賞何由屢。道存終不忘，迹異難相遇。此時惜離別，再來芳菲度。

渭川一作『水』。田家

斜光照墟落，窮巷牛羊歸。野老念牧童，倚杖候荆扉。雉雊麥苗秀，蠶眠桑葉稀。田夫荷鋤立，相見語依依。即此羨閑逸，悵然吟式微。

春中田園作

屋上春鳩鳴，村邊杏花白。持斧伐遠揚，荷鋤覘泉脉。歸燕識故巢，舊人看新曆。臨觴忽不御，惆悵遠行客。

過李揖宅

閑門秋草色，終日無車馬。客來深巷中，犬吠寒林下。散髮時未簪，道書行尚把。與我同心人，樂道安貧者。一罷宜城酌，還歸洛陽社。

韋侍郎山居

幸忝君子顧，遂陪塵外踪。閑花滿岩谷，瀑水映杉松。啼鳥忽臨澗，歸雲時抱峰。良游盛簪紱，繼迹多夔龍。詎枉青門道，故聞長樂鐘。清晨去朝謁，車馬何從容。

飯覆釜山僧

晚知清净理，日與人群疏。將候遠山僧，先期掃敝廬。果從雲峰裏，顧我蓬蒿居。藉草飯松屑，焚香看道書。然燈晝欲盡，鳴磬夜方初。已悟寂爲樂，此生閑有餘。思歸何必深，身世猶空虛。

謁璿上人并序

上人外人内天，不定不亂。捨法而淵泊，無心而雲動。色空無礙，不物物也；默語無際，不言言也。故吾徒得神交焉。玄關大啓，德海群泳，時雨既降，春物俱美。序于詩者，人百其言。

少年不足言，識道年已長。事往安可悔，餘生幸能養。誓從斷葷血，不復嬰世網。浮名寄纓珮，空性無羈鞅。夙從大導師，焚香此瞻仰。頹然居一室，覆載紛萬象。高柳早鶯啼，長廊春雨響。床下阮家屐，窗前筇竹杖。方將見身雲，陋彼示天壤。一心在法要，願以無生獎。

瓜園詩 并序

維瓜園高齋，俯視南山形勝，二三時輩，同賦是詩，兼命詞英數公同用『園』字爲韻，韻任多少。時太子司議郎薛璩發此題，遂同諸公云。

余適欲鋤瓜，倚鋤聽叩門。鳴騶導驄馬，常從夾朱軒。窮巷正傳呼，故人儻相存。携手追凉風，放心望乾坤。藹藹帝王州，宫觀一何繁。林端出綺道，殿頂摇華幡。素懷在青山，若值白雲屯。回風城西雨，返景原上村。前酌盈樽酒，往往聞清言。黄鸝囀深木，朱槿照中園。猶羡松下客，石上聞清猿。

自大散以往深林密竹磴道盤曲四五十里至黄牛嶺見黄花川

危徑幾萬轉，數里將三休。回環見徒侣，隱映隔林丘。颯颯松上雨，潺潺石中流。静言深溪裏，長嘯高山頭。望見南山陽，白露靄悠悠。青皋麗已净，緑樹鬱如浮。曾是厭蒙密，曠然消人憂。

新晴晚一作『野』。望

新晴原野曠，極目無氛垢。郭門臨渡頭，村樹連溪口。白水明田外，碧峰出山後。農月無閑人，傾家事南畝。

宿鄭州

朝與周人辭，暮投鄭人宿。他鄉絶儔侶，孤客親僮僕。宛洛望不見，秋霖晦平陸。田父草際歸，村童雨中牧。主人東皋上，時稼繞茅屋。蟲思機杼鳴，雀喧禾黍熟。明當渡京水，昨晚猶金谷。此去欲何言，窮邊徇微禄。

早入滎陽界

泛舟入滎澤，茲邑乃雄藩。河曲閭閻隘，川中烟火繁。因人見風俗，入境聞方言。秋晚田疇盛，朝光市井喧。漁商波上客，鷄犬岸旁村。前路白雲外，孤帆安可論。

渡河到清河作

泛舟大河裏，積水窮天涯。天波忽開拆，郡邑千萬家。行復見城市，宛然有桑麻。回瞻舊鄉國，淼漫連雲霞。

苦熱

赤日滿天地，火雲成山嶽。草木盡焦卷，川澤皆竭涸。輕紈覺衣重，密樹苦陰薄。莞簟不可近，絺綌再三濯。思出宇宙外，曠然在寥廓。長風萬里來，江海蕩煩濁。却顧身爲患，始知心未覺。忽入甘露門，宛然清涼樂。

納涼

喬木萬餘株，清流貫其中。前臨大川口，豁達來長風。漣漪涵白沙，素鮪如游空。偃卧盤石上，翻濤沃微躬。漱流復濯足，前對釣魚翁。貪餌凡幾許，徒思蓮葉東。

西施咏一作『篇』。

艷色天下重，西施寧久微。朝爲越溪女，暮作吴宫妃。賤日豈殊衆，貴來方悟稀。邀人傅脂粉，不自著羅衣。君寵益驕態，君憐無是非。當時浣紗伴，莫得同車歸。持謝鄰家子，效顰安可希。

李陵咏時年十九。

漢家李將軍，三代將門子。結髮有奇策，少年成壯士。長驅塞上兒，深入單于壘。旌旗列相向，簫鼓悲何已。日暮沙漠陲，戰聲烟塵裏。將令驕虜滅，豈獨名王侍。既失大軍援，遂嬰穹廬耻。少小蒙漢恩，何堪坐思此。深衷欲有報，投軀未能死。引領望子卿，非君誰相理。

濟上四賢咏三首

崔録事

解印歸田里，賢哉此丈夫。少年曾任俠，晚節更爲儒。遁世東山下，因家滄海隅。已聞能狎鳥，余欲共乘桴。

成文學

寶劍千金裝，登君白玉堂。身爲平原客，家有邯鄲娼。使氣公卿座，論心游俠場。中年不得志，謝病客游梁。

鄭霍二山人

翩翩繁華子，多出金張門。幸有先人業，早蒙明主恩。童年且未學，肉食鶩華軒。豈乏中林士，無人薦至尊。鄭公老泉石，霍子安丘樊。賣藥不二價，著書盈萬言。息陰無惡木，飲水必清源。吾賤不及議，斯人竟誰論。

按：其三，詩題，《河嶽英靈集》《文苑英華》並作『寄崔鄭二山人』。

過太乙觀賈生房

昔余栖遁日，之子烟霞鄰。共携松葉酒，俱簪竹皮巾。攀林遍巖洞，採藥無冬春。謬以道門子，徵爲驂御臣。常恐丹液就，先我紫陽賓。夭促萬塗盡，哀傷百慮新。迹峻不容俗，才多反累真。泣對雙泉水，還山無主人。

按：顧元緯外編及凌本俱録此首，《文苑英華》亦作王維詩。

燕子龕禪師 一本有『咏』字。

山中燕子龕，路劇羊腸惡。裂地競盤屈，插天多峭崿。瀑泉吼而噴，怪石看欲落。伯禹訪未知，五丁愁不鑿。上人無生緣，生長居紫閣。六時自捶磬，一飲尚帶索。種田燒白雲，斫漆響丹壑。行隨拾栗猿，歸對巢松鶴。時許山神請，偶逢洞仙博。救世多慈悲，即心無行作。周商倦積阻，蜀物多淹泊。岩腹乍旁穿，澗唇時外拓。橋因倒樹架，柵值垂藤縛。鳥道悉已平，龍宮爲之涸。跳波誰揭厲，絕壁免捫摸。山木日陰陰，結跏歸舊林。一向石門裏，任君春草深。

羽林騎閨人

秋月臨高城，城中管弦思。離人堂上愁，稚子階前戲。出門復映户，望望青絲騎。行人過欲盡，狂夫終不至。左右寂無言，相看共垂泪。

偶然作六首

楚國有狂夫，茫然無心想。散髮不冠帶，行歌南陌上。孔丘與之言，仁義莫能奬。未嘗肯問天，何事須擊壤。復笑採薇人，胡爲乃長往。

田舍有老翁，垂白衡門裏。有時農事閑，斗酒呼鄰里。喧聒茅簷下，或坐或復起。短褐不爲薄，園葵固足美。動則長子孫，不曾向城市。五帝與三王，古來稱天子。干戈將揖讓，畢竟何者是。得意苟爲樂，野田安足鄙。且當放懷去，行行没餘齒。

日夕見太行，沈吟未能去。問君何以然，世網嬰我故。小妹日成長，兄弟未有娶。家貧禄既薄，儲蓄非有素。幾回欲奮飛，踟蹰復相顧。孫登長嘯臺，松竹有遺處。相去詎幾許，故人在中路。愛染日已薄，禪寂日已固。忽乎吾將行，寧俟歲云暮。

陶潛任天真，其性頗耽酒。自從棄官來，家貧不能有。九月九日時，菊花空滿手，中心竊自思，儻有人送否。白衣携壺觴，果來遺老叟。且喜得斟酌，安問升與斗。奮衣野田中，今日嗟無負。兀傲迷東西，蓑笠不能守。傾倒强行行，酣歌歸五柳。生事不曾問，肯愧家中婦。

趙女彈箜篌，復能邯鄲舞。夫婿輕薄兒，鬥鷄事齊主。黄金買歌笑，用錢不復數。許史相經過，高門盈四牡。客舍有儒生，昂藏出鄒魯。讀書三十年，腰下無尺組。被服聖人教，一生自窮苦。

老來懶賦詩，惟有老相隨。宿世謬詞客，前身應畫師。不能捨餘習，偶被世人知。名字本皆是，此心還不知。

寓言二首

朱紱誰家子，無乃金張孫。驪駒從白馬，出入銅龍門。問爾何功德，多承明主恩。鬥鷄平樂館，射雉上林園。曲陌車騎盛，高堂珠翠繁。奈何軒冕貴，不與布衣言。

君家御溝上，垂柳夾朱門。列鼎會中貴，鳴珂朝至尊。生死在八議，窮達由一言。須識苦寒士，莫矜狐白溫。

按：《瀛奎律髓》編此首入俠少類，作盧象雜詩。

冬夜書懷

冬宵寒且永，夜漏宮中發。草白靄繁霜，木衰澄清月。麗服映頹顏，朱燈照華髮。漢家方尚少，顧影慚朝謁。

送康太守

城下滄江水，江邊黃鶴樓。朱欄將粉堞，江水映悠悠。鐃吹發夏口，使君居上頭。郭門隱楓岸，候吏趨蘆洲。何異臨川郡，還來康樂侯。

送權二

高人不可友，清論復何深。一見如舊識，一言知道心。明時當薄宦，解薜去中林。芳草空隱處，白雲餘故岑。韓侯久携手，河嶽共幽尋。悵別千餘里，臨堂鳴素琴。

休假還舊業便使

謝病始告歸，依依入桑梓。家人皆竚立，相候柴門裏。時輩皆長年，成人舊童子。上堂嘉慶畢，顧與姻親齒。論舊忽餘悲，目存且相喜。田園轉蕪没，但有寒泉水。衰柳日蕭條，秋光清邑里。入門乍如客，休騎非便止。中飲顧王程，離憂從此始。

按：《唐詩紀事》作盧象詩。

嘆白髮

我年一何長，鬢髮日已白。俯仰天地間，能爲幾時客。惆悵故山雲，徘徊空日夕。何事與時人，東城復南陌。

別弟妹二首

兩妹日成長，雙鬟將及人。已能持寶瑟，自解掩羅巾。念昔別時小，未知疏與親。今來始離恨，拭泪方殷勤。

小弟更孩幼，歸來不相識。同居雖漸慣，見人猶未覓。宛作越人語，殊甘水鄉食。別此最爲難，泪盡有餘憶。

按：《盧象詩集》有八月十五日，象自江東止田園移莊慶會，未幾歸汶上，小弟幼妹，尤悲其别，兼賦是詩三首。其一，『謝病始告歸』；其二，『兩妹日長成』；其三，『小弟更孩幼』。《唐詩紀事》載此，亦作盧象詩。

哭殷遥

人生能幾何，畢竟歸無形。念君等爲死，萬事傷人情。慈母未及葬，一女纔十齡。泱漭寒郊外，蕭條聞哭聲。浮雲爲蒼茫，飛鳥不能鳴。行人何寂寞，白日自凄清。憶昔君在時，問我學無生。勸君苦不早，令君無所成。故人各有贈，又不及生平。負爾非一途，慟哭返柴荆。

故南陽夫人樊氏挽歌

石窌恩榮重，金吾車騎盛。將朝每贈言，入室還相敬。疊鼓秋城動，懸旌寒日映。不言長不歸，環珮猶將聽。

夷門歌

七雄雄雌猶未分，攻城殺將何紛紛。秦兵益圍邯鄲急，魏王不救平原君。公子爲嬴停駟馬，執轡愈恭意愈下。亥爲屠肆鼓刀人，嬴乃夷門抱關者。非但慷慨獻奇謀，意氣兼將身命酬。向風刎頸送公子，七十老翁何所求。

隴頭吟

長城少年游俠客，夜上戍樓看太白。隴頭明月迥臨關，隴上行人夜吹笛。關西老將不勝愁，駐馬聽之雙泪流。身經大小百餘戰，麾下偏裨萬户侯。蘇武纔爲典屬國，節旄空盡海西頭。

老將行

少年十五二十時，步行奪取胡馬騎。射殺山中白額虎，肯數鄴下黄鬚兒。一身轉戰三千里，一劍曾當百萬師。漢兵奮迅如霹靂，虜騎崩騰畏蒺藜。衛青不敗由天幸，李廣無功緣數奇。自從棄置便衰朽，世事蹉跎成白首。昔時飛箭無全目，今日垂楊生左肘。路傍時賣故侯瓜，門前學種先生柳。茫茫古木連窮巷，寥落寒山對虚牖。誓令疏勒出飛泉，不似潁川空使酒。賀蘭山下陣如雲，羽檄交馳日夕聞。節使三河募年少，詔書五道出將軍。試拂鐵衣如雪色，聊持寶劍動星文。願得燕弓射天將，耻令越甲鳴吾君。莫嫌舊日雲中守，猶堪一戰立功勳。

燕支行 時年二十一。

漢家天將才且雄，來時謁帝明光宮。萬乘親推雙闕下，千官出餞五陵東。誓辭甲第金門裏，身作長城玉塞中。衛霍才堪一騎將，朝廷不數貳師功。趙魏燕韓多勁卒，關西俠少何咆勃。報讐只是聞嘗膽，飲酒不曾妨刮骨。畫戟雕戈白日寒，連旗大旆黃塵没。疊鼓遥翻瀚海波，鳴笳亂動天山月。麒麟錦帶佩吴鈎，颯踏青驪躍紫騮。拔劍已斷天驕臂，歸鞍共飲月支頭。漢兵大呼一當百，虜騎相看哭且愁。教戰雖令赴湯火，終知上將先伐謀。

桃源行 時年十九。

漁舟逐水愛山春，兩岸桃花夾去津。坐看紅樹不知遠，行盡青溪不見人。山口潛行始隈隩，山開曠望旋平陸。遥看一處攢雲樹，近入千家散花竹。樵客初傳漢姓名，居人未改秦衣服。居人共住武陵源，還從物外起田園。月明松下房櫳静，日出雲中鷄犬喧。驚聞俗客争來集，競引還家問都邑。平明閭巷掃花開，薄暮漁樵乘水入。初因避地去人間，更聞成仙遂不還。峽裏誰知有人事，世中遥望空雲山。不疑靈境難聞見，塵心未盡思鄉縣。出洞無論隔山水，辭家終擬長游衍。自謂經過舊不迷，安知峰壑今來變。當時只記入山深，青溪幾度到雲林。春來遍是桃花水，不辨仙源何處尋。

洛陽女兒行時年十六，一作十八。

洛陽女兒對門居，纔可容顔十五餘。良人玉勒乘驄馬，侍女金盤鱠鯉魚。畫閣朱樓盡相望，紅桃緑柳垂簷向。羅幃送上七香車，寶扇迎歸九華帳。狂夫富貴在青春，意氣驕奢劇季倫。自憐碧玉親教舞，不惜珊瑚持與人。春窗曙滅九微火，九微片片飛花瑣。戲罷曾無理曲時，妝成祇是薰香坐。城中相識盡繁華，日夜經過趙李家。誰憐越女顔如玉，貧賤江頭自浣紗。

同崔傅答賢弟

洛陽才子姑蘇客，桂苑殊非故鄉陌。九江楓樹幾回青，一片揚州五湖白。揚州時有下江兵，蘭陵鎮前吹笛聲。夜火人歸富春郭，秋風鶴唳石頭城。周郎陸弟爲儔侶，對舞前溪歌白紵。曲几書留小史家，草堂棋賭山陰墅。衣冠若話外臺臣，先數夫君席上珍。更聞臺閣求三語，遥想風流第一人。

贈吴官

長安客舍熱如煮，無個茗糜難御暑。空摇白團其諦苦，欲向縹囊還歸旅。江鄉鯖鮓不寄來，秦人湯餅那堪許。不如儂家任挑達，草屩撈蝦富春渚。

故人張諲工詩善易卜兼能丹青草隸頃以詩見贈聊獲酬之

不逐城東游俠兒，隱囊紗帽坐彈棋。蜀中夫子時開卦，洛下書生解咏詩。藥闌花徑衡門裏，時復據梧聊隱几。屏風誤點惑孫郎，團扇草書輕内史。故園高枕度三春，永日垂帷絶四鄰。自想蔡邕今已老，更將書籍與何人。

送崔五太守

長安廄吏來到門，朱文露網動行軒。黄花縣西九折坂，玉樹宫南五丈原。褒斜谷中不容幰，惟有白雲當露冕。子午山裏杜鵑啼，嘉陵水頭行客飯。劍門忽斷蜀川開，萬井雙流滿眼來。霧中遠樹刀州出，天際澄江巴字回。使君年幾三十餘，少年白皙專城居。欲持畫省郎官筆，回與臨邛父老書。

寒食城東即事

清溪一道穿桃李，演漾緑蒲涵白芷。溪上人家凡幾家，落花半落東流水。蹴踘屢過飛鳥上，鞦韆競出垂楊裏。少年分日作遨游，不用清明兼上巳。

不遇咏

北闕獻書寢不報，南山種田時不登。百人會中身不預，五侯門前心不能。身投河朔飲君酒，家在茂陵平安否。且共登山復臨水，莫問春風動楊柳。今人昨人多自私，我心不説君應知。濟人然後拂衣去，肯作徒爾一男兒。

贈裴迪

不相見，不相見來久。日日泉水頭，常憶同携手。携手本同心，復嘆忽分襟。相憶今如此，相思深不深。

青雀歌與盧象、崔興宗、裴迪、弟縉同賦。

青雀翅羽短，未能遠食玉山禾。猶勝黄雀争上下，唧唧空倉復若何。

黄雀痴雜言走筆。

黄雀痴，黄雀痴，謂言青鷇是我兒。一一口銜食，養得成毛衣。到大啁啾解游颺，各自東西南北飛。薄暮空巢上，羈雌獨自歸。鳳凰九雛亦如此，慎莫愁思憔悴損容輝。

新秦郡松樹歌

青青山上松，數里不見今更逢。不見君，心相憶，此心向君君應識。爲君顏色高且閑，亭亭迥出浮雲間。

榆林郡歌

山頭松柏林，山下泉聲傷客心。千里萬里春草色，黃河東流流不息。黃龍戍上游俠兒，愁逢漢使不相識。

問寇校書雙溪

君家少室西，爲復少室東。别來幾日今春風。新買雙溪定何似，餘生欲寄白雲中。

寄崇梵僧 崇梵寺近東阿覆釜村。

崇梵僧，崇梵僧，秋歸覆釜春不還。落花啼鳥紛紛亂，澗户山窗寂寂閑。峽裏誰知有人事，郡中遥望空雲山。

同比部楊員外十五夜游有懷静者季

承明少休沐，建禮省文書。夜漏行人息，歸鞍落日餘。懸知三五夕，萬户千門闢。夜出曙翻歸，傾城滿南陌。陌頭馳騁盡繁華，王孫公子五侯家。由來月明如白日，共道春燈勝百花。聊看侍中千寶騎，强識小婦七香車。香車寶馬共喧闐，個裏多情俠少年。競向長楊柳市北，肯過精舍竹林前。獨有仙郎心寂寞，却將宴坐爲行樂。儻覓忘懷共往來，幸霑同舍甘藜藿。

答張五弟

終南有茅屋，前對終南山。終年無客長閉關，終日無心長自閑。不妨飲酒復垂釣，君但能來相往還。

雪中憶李揖

積雪滿阡陌，故人不可期。長安千門復萬户，何處蹀躞黄金羈。

送李睢陽

將置酒，思悲翁。使君去，出城東。麥漸漸，雉子斑。槐陰陰，到潼關。騎連連，車遲遲。心中悲，宋又遠。周間之，南淮夷。東齊兒，碎碎織練與素絲。游人賈客信難持，五穀前熟方可爲。下車閉閤君當思，天子當殿儼衣裳。太官尚食陳羽觴，彤庭散綬垂鳴璫。黄紙詔書出東厢，輕紈疊綺爛生光。宗室子弟君最賢，分憂當爲百辟先。布衣一言相爲死，何况聖主恩如天。鸞聲噦噦魯侯旗，明年上計朝京師。須憶今日斗酒別，慎勿富貴忘我爲。

奉和聖製天長節賜宰臣歌應制

太陽升兮照萬方，開閶闔兮臨玉堂，儼冕旒兮垂衣裳。金天净兮麗三光，彤庭曙兮延八荒。德合天兮禮神遍，靈芝生兮慶雲見。唐堯后兮稷契臣，匝宇宙兮華胥人。盡九服兮皆四鄰，乾降瑞兮坤獻珍。

登樓歌

聊上君兮高樓，飛甍鱗次兮在下。俯十二兮通衢，緑槐參差兮車馬。却瞻兮龍首，前眺兮宜春。王畿欝兮千里，山河壯兮咸秦。舍人下兮青宫，據胡床兮書空。執戟疲于下位，老夫好隱兮墻東。亦幸有張伯英草聖兮龍騰虬躍，擺長雲兮捩迴風。琥珀酒兮雕胡飯，君不御兮日將晚。秋風兮吹衣，夕鳥兮争返。孤砧發兮東城，林薄暮兮蟬聲遠。時不可兮再得，君何爲兮偃蹇。

雙黄鵠歌送别 時爲節度判官，在凉州作。

天路來兮雙黄鵠，雲上飛兮水上宿，撫翼和鳴整羽族。不得已，忽分飛，家在玉京朝紫微。主人臨水送將歸，悲笳嘹唳垂舞衣，賓欲散兮復相依。幾往返兮極浦，尚裴回兮落暉。岸上火兮相迎，將夜入兮邊城。鞍馬歸兮佳人散，悵離憂兮獨含情。

贈徐中書望終南山歌

晚下兮紫微，悵塵事兮多違。駐馬兮雙樹，望青山兮不歸。

送友人歸山歌二首《離騷》題作「山中人」。

山寂寂兮無人，又蒼蒼兮多木。群龍兮滿朝，君何爲兮空谷。文寡和兮思深，道難知兮行獨。悅石上兮流泉，與松間兮草屋。入雲中兮養鷄，上山頭兮抱犢。神與棗兮如瓜，虎賣杏兮收穀。愧不才兮妨賢，嫌既老兮貪禄。誓解印兮相從，何詹君兮可卜。

山中人兮欲歸，雲冥冥兮雨霏霏。水驚波兮翠菅靡，白鷺忽兮翻飛，君不可兮褰衣。山萬重兮一雲，混天地兮不分。樹晻曖兮氛氳，猿不見兮空聞。忽山西兮夕陽，見東皋兮遠村。平蕪綠兮千里，眇惆悵兮思君。

魚山神女祠歌

迎神曲

坎坎擊鼓，魚山之下。吹洞簫，望極浦。女巫進，紛屢舞。陳瑶席，湛清酤。風凄凄兮夜雨，神之來兮不來，使我心兮苦復苦。

送神曲

紛進拜兮堂前，目眷眷兮瓊筵。來不語兮意不傳，作暮雨兮愁空山。悲急管兮思繁弦，靈之駕兮儼欲旋。倏雲收兮雨歇，山青青兮水潺湲。

按：詩題，《河嶽英靈集》作『漁山神女智瓊祠歌』，《樂府詩集》作『祠漁山神女歌』。

白黿渦 雜言走筆。

南山之瀑水兮，激石滈瀑似雷驚，人相對兮不聞語聲。翻渦跳沫兮蒼苔濕，蘚老且厚，春草爲之不生。獸不敢驚動，鳥不敢飛鳴。白黿渦濤戲瀨兮，委身以縱横。主人之仁兮，不網不釣，得遂性以生成。

宋進馬哀詞 并序

宋進馬者，中書舍人宋公之子也。公無弟兄，子一而已。文則有種，德亦惟肖。忽疾倏逝，醫不及視。宋公哀之，他人悲之。故爲詞曰：

背春涉夏兮，衆木藹以繁陰。連金華與玉堂兮，宫閣鬱其沈沈。百官并入兮，何語笑之啞啞，君獨静嘿以傷心，草王言兮不得辭，我悲滅思兮少時。僕夫命駕兮，出閶闔，歷通逵。陌上人兮如故，識不識兮往來。眼中不見兮吾兒，驂紫騮兮從青驪。低光垂彩兮，恍不知其所之。闢朱户兮望華軒，意斯子兮候門。忽思瘞兮城南，心瞀亂兮重昏。仰訴天之不仁兮，家唯一身，身止一子，何胤嗣之不繁，就單鮮而又死。將清白兮遺誰，問詩禮兮已矣。哀從中兮不可勝，豈暇料餘年兮復幾。日黯黯兮頹曄，鳥翩翩兮疾飛。邈窮天兮不返，疑有日兮來歸。静言思兮永絶，復驚叫兮沾衣。客有吊之者曰：觀未始兮有物，同委蜕兮胡悲，且延陵兮未至，况西河兮不知。學無生兮庶可，幸能聽于吾師。

卷二

奉和聖製賜史供奉曲江讌應制

侍從有鄒枚，瓊筵就水開。言陪柏梁宴，新下建章來。對酒山河滿，移舟草樹迴。天文同麗日，駐景惜行杯。

從岐王過楊氏別業應教

楊子談經所，淮王載酒過。興闌啼鳥換，坐久落花多。逕轉迴銀燭，林開散玉珂。嚴城時未啓，前路擁笙歌。

從岐王夜宴衛家山池應教

座客香貂滿，宮娃綺幔張。澗花輕粉色，山月少燈光。積翠紗窗暗，飛泉綉户凉。還將歌舞出，歸路莫愁長。

早朝

柳暗百花明，春深五鳳城。城烏睥睨曉，宮井轆轤聲。方朔金門侍，班姬玉輦迎。仍聞遣方士，東海訪蓬瀛。

同崔員外秋宵寓直

建禮高秋夜，承明候曉過。九門寒漏徹，萬井曙鐘多。月迥藏珠斗，雲消出絳河。更慚衰朽質，南陌共鳴珂。

輞川閑居贈裴秀才迪

寒山轉蒼翠，秋水日潺湲。倚杖柴門外，臨風聽暮蟬。渡頭餘落日，墟里上孤烟。復值接輿醉，狂歌五柳前。

寄荆州張丞相

所思竟何在，悵望深荆門。舉世無相識，終身思舊恩。方將與農圃，藝植老丘園。目盡南飛雁，何由寄一言。

冬晚對雪憶胡居一作『處』。士家

寒更傳曉箭，清鏡覽衰顔。隔牖風驚竹，開門雪滿山。灑空深巷静，積素廣庭閑。借問袁安舍，翛然尚閉關。

按：一作王劭詩。

和尹諫議史館山池開元二十年，道士尹愔爲諫議大夫，知史館事，故詩有莫上空虚之句。

雲館接天居，霓裳侍玉除。春池百子外，芳樹萬年餘。洞有仙人籙，山藏太史書。君恩深漢帝，且莫上空虚。

奉和楊駙馬六郎秋夜即事

高樓月似霜，秋夜鬱金堂。對坐彈盧女，同看舞鳳凰。少兒多送酒，小玉更焚香。結束平陽騎，明朝入建章。

酬虞部蘇員外過藍田别業不見留之作

貧居依谷口，喬木帶荒村。石路枉迴駕，山家誰候門。漁舟膠凍浦，獵火燒寒原。唯有白雲外，疏鐘聞夜猿。

酬比部楊員外暮宿琴臺一作『堂』。朝躋書閣率爾見贈之作

舊簡拂塵看，鳴琴候月彈。桃源迷漢姓，松樹有秦官。空谷歸人少，

青山背日寒。羨君栖隱處，遥望白雲端。

按：一作盧照鄰詩。

酬嚴少尹徐舍人見過不遇

公門暇日少，窮巷故人稀。偶值乘籃輿，非關避白衣。不知炊黍谷，誰解掃荆扉。君但傾茶碗，無妨騎馬歸。

酬張少府

晚年唯好静，萬事不關心。自顧無長策，空知返舊林。松風吹解帶，山月照彈琴。君問窮通理，漁歌入浦深。

酬賀四贈葛巾之作

野巾傳惠好，兹貺重兼金。嘉此幽栖物，能齊隱吏心。早朝方暫挂，晚沐復來簪。坐覺囂塵遠，思君共入林。

送丘爲落第歸江東

憐君不得意，况復柳條春。爲客黄金盡，還家白髮新。五湖三畝宅，萬里一歸人。知禰不能薦，羞爲獻納臣。

送李判官赴江東一作『東江』。

聞道皇華使，方隨皂蓋臣。封章通左語，冠冕化文身。樹色分揚子，潮聲滿富春。遥知辨璧吏，恩到泣珠人。

送封太守

忽解羊頭削，聊馳熊首轓。揚舲發夏口，按節向吴門。帆映丹陽郭，楓攢赤岸村。百城多候吏，露冕一何尊。

送嚴秀才還蜀

寧親爲令子，似舅即賢甥。别路經花縣，還鄉入錦城。山臨青塞斷，江向白雲平。獻賦何時至，明君憶長卿。

送張判官赴河西

單車曾出塞，報國敢邀勛。見逐張征虜，今思霍冠軍。沙平連白雪，蓬卷入黃雲。慷慨倚長劍，高歌一送君。

送岐州源長史歸

源與余同在崔常侍幕中，時常侍已殁。

握手一相送，心悲安可論。秋風正蕭索，客散孟嘗門。故驛通槐里，長亭下槿原。征西舊旌節，從此向河源。

送張道士歸山

先生何處去，王屋訪毛君。別婦留丹訣，驅鷄入白雲。人間若剩住，天上復離群。當作遼城鶴，仙歌使爾聞。

同崔興宗送瑗公

言從石菌閣，新下穆陵關。獨向池陽去，白雲留故山。綻衣秋日裏，洗鉢古松間。一施傳心法，唯將戒定還。

按：詩題，一作『同崔興宗送衡嶽瑗公南歸』。《全唐詩》有序，序云：『衡嶽瑗上人者，嘗學道於五峰，蔭松棲雲。與狼虎雜處，得無所得矣。天寶癸巳歲，始遊于長安。手提瓶笠，至自萬里。燕居吐論，緇屬高之。初，給事中房公，謫居宜春。與上人風土相接，因爲道友，伏臘往來。房公既海内盛名，上人亦以此增價。秋九月，杖錫南返，扣門來別。秦地草木，槭然已黄。蒼梧白雲，不日而見。滇陽有曹谿學者，爲我謝之。』

送錢少府還藍田

草色日向好，桃源人去稀。手持平子賦，目送老萊衣。每候山櫻發，時同海燕歸。今年寒食酒，應得返柴扉。

送丘爲往唐州

宛洛有風塵，君行多苦辛。四愁連漢水，百口寄隨人。槐色陰清晝，楊花惹暮春。朝端肯相送，天子綉衣臣。

送元中丞轉運江淮

薄税歸天府，輕徭賴使臣。歡霑賜帛老，恩及卷綃人。去問珠官俗，來經石劫春。東南御亭上，莫使有風塵。

按：《錢起集》亦載此詩。

送崔九興宗游蜀

送君從此去，轉覺故人稀。徒御猶回首，田園方掩扉。出門當旅食，中路授寒衣。江漢風流地，游人何處歸。

送崔興宗

已恨親皆遠，誰憐友復稀。君王未西顧，游宦盡東歸。塞闊山河净，天長雲樹微。方同菊花節，相待洛陽扉。

送平澹然判官

不識陽關路，新從定遠侯。黄雲斷春色，畫角起邊愁。瀚海經年別，交河出塞流。須令外國使，知飲月氏頭。

送劉司直赴安西

絶域陽關道，胡烟與塞塵。三春時有雁，萬里少行人。苜蓿隨天馬，蒲桃逐漢臣。當令外國懼，不敢覓和親。

送趙都督赴代州得青字

天官動將星，漢地柳條青。萬里鳴刁斗，三軍出井陘。忘身辭鳳闕，報國取龍庭。豈學書生輩，窗間老一經。

送方城韋明府

遥思葭菼際，寥落楚人行。高鳥長淮水，平蕪故郢城。使車聽雉乳，縣鼓應鷄鳴。若見州從事，無嫌手板迎。

送李員外賢郎

少年何處去，負米上銅梁。借問阿戎父，知爲童子郎。魚箋請詩賦，橦布作衣裳。薏苡扶衰病，歸來幸可將。

送梓州李使君

萬壑樹參天，千山響杜鵑。山中一半雨，樹杪百重泉。漢女輸橦布，巴人訟芋田。文翁翻教授，不敢倚先賢。

送張五諲歸宣城

五湖千萬里，况復五湖西。漁浦南陵郭，人家春穀溪。欲歸江淼淼，未到草萋萋。憶想蘭陵鎮，可宜猿更啼。

送友人南歸

萬里春應盡，三江雁亦稀。連天漢水廣，孤客郢城歸。鄖國稻苗秀，楚人菰米肥。懸知倚門望，遥識老萊衣。

送賀遂員外外甥

南國有歸舟，荊門溯上流。蒼茫葭菼外，雲水與昭丘。檣帶城烏去，江連暮雨愁。猿聲不可聽，莫待楚山秋。

送楊長史赴果州

褒斜不容幰，之子去何之。鳥道一千里，猿啼十二時。官橋祭酒客，山木女郎祠。别後同明月，君應聽子規。

按：詩題，《瀛奎律髓》作『送楊長史濟赴果州』。

送邢桂州

鐃吹喧京口，風波下洞庭。赭圻將赤岸，擊汰復揚舲。日落江湖白，潮來天地青。明珠歸合浦，應逐使臣星。

送宇文三赴河西充行軍司馬

横吹雜繁笳，邊風捲塞沙。還聞田司馬，更逐李輕車。蒲類成秦地，莎車屬漢家。當令犬戎國，朝聘學昆邪。

送孫二

郊外誰相送，夫君道術親。書生鄒魯客，才子洛陽人。祖席依寒草，行車起暮塵。山川何寂寞，長望泪沾巾。

送崔三往密州覲省

南陌去悠悠，東郊不少留。同懷扇枕戀，獨念倚門愁。路繞天山雪，家臨海樹秋。魯連功未報，且莫蹈滄洲。

送孟六歸襄陽

杜門不欲出，久與世情疏。以此爲長策，勸君歸舊廬。醉歌田舍酒，笑讀古人書。好是一生事，無勞獻子虛。

按：詩題，一作『送孟浩然』。〇顧元緯外編録此首，《文苑英華》亦作王維詩。《瀛奎律髓》作張子容詩。

被出濟州

微官易得罪，謫去濟川陰。執政方持法，明君無此心。閭閻河潤上，井邑海雲深。縱有歸來日，多愁年鬢侵。

按：詩題，《河嶽英靈集》作『初出濟州别城中故人』。

與盧象集朱家

主人能愛客，終日有逢迎。貰得新豐酒，復聞秦女箏。柳條疏客舍，槐葉下秋城。語笑且爲樂，吾將達此生。

登裴秀才迪小臺

端居不出户，滿目望一作『空』。雲山。落日鳥邊下，秋原人外閑。遥知遠林際，不見此簷間。好客多乘月，應門莫上關。

游李山人所居因題屋壁

世上皆如夢，狂來或自歌。問年松樹老，有地竹林多。藥倩韓康賣，門容尚子過。翻嫌枕席上，無那白雲何。

過崔駙馬山池

畫樓吹笛妓，金碗酒家胡。錦石稱貞女，青松學大夫。脱貂貰桂酌，射雁與山厨。聞道高陽會，愚公谷正愚。

過福禪師蘭若

岩壑轉微逕，雲林隱法堂。羽人飛奏樂，天女跪焚香。竹外峰偏曙，藤陰水更凉。欲知禪坐久，行路長春芳。

過香積寺

不知香積寺，數里入雲峰。古木無人徑，深山何處鐘。泉聲咽危石，日色冷青松。薄暮空潭曲，安禪制毒龍。

按：《文苑英華》以此詩爲王昌齡作。

過感化一作『化感』。**寺曇興上人山院**與裴迪同作。

暮持筇竹杖，相待虎溪頭。催客聞山響，歸房逐水流。野花叢發好，谷鳥一聲幽。夜坐空林寂，松風直似秋。

夏日過青龍寺謁操禪師與裴迪同作。

龍鍾一老翁，徐步謁禪宮。欲問義心義，遥知空病空。山河天眼裏，世界法身中。莫怪銷炎熱，能生大地風。

登辨一作『新』。**覺寺**

竹徑從初地，蓮峰出化城。窗中三楚盡，林上九江平。軟草承趺坐，長松響梵聲。空居法雲外，觀世得無生。

喜祖三至留宿

門前洛陽客，下馬拂征衣。不枉故人駕，平生多掩扉。行人返深巷，積雪帶餘暉。早歲同袍者，高車何處歸。

黎拾遺昕裴秀才迪見過秋夜對雨之作

促織鳴已急，輕衣行尚重。寒燈坐高館，秋雨聞疏鐘。白法調狂象，玄言問老龍。何人顧蓬徑，空愧求羊踪。

慕容承携素饌見過

紗帽烏皮几，閑居懶賦詩。門看五柳識，年算六身知。靈壽君王賜，雕胡弟子炊。空勞酒食饌，持底解人頤。

晚春嚴少尹與諸公見過

松菊荒三徑，圖書共五車。烹葵邀上客，看竹到貧家。鵲乳先春草，鶯啼過落花。自憐黄髮暮，一倍惜年華。

鄭果州相過

麗日照殘春，初晴草木新。床前磨鏡客，林裏灌園人。五馬驚窮巷，雙童逐老身。中厨辦粗飯，當恕阮家貧。

山居秋暝

空山新雨後，天氣晚來秋。明月松間照，清泉石上流。竹喧歸浣女，蓮動下漁舟。隨意春芳歇，王孫自可留。

終南別業

中歲頗好道，晚家南山陲。興來每獨往，勝事空自知。行到水窮處，坐看雲起時。偶然值林叟，談笑無還期。

按：詩題，《河嶽英靈集》《文苑英華》《唐文粹》俱作『入山寄城中故人』，《國秀集》作『初至山中』。

歸嵩山作

清川帶長薄，車馬去閑閑。流水如有意，暮禽相與還。荒城臨古渡，落日滿秋山。迢遞嵩高下，歸來且閉關。

歸輞川作

谷口疏鐘動，漁樵稍欲稀。悠然遠山暮，獨向白雲歸。菱蔓弱難定，楊花輕易飛。東皋春草色，惆悵掩柴扉。

韋給事山居

幽尋得此地，詎有一人曾。大壑隨階轉，群山入户登。庖厨出深竹，印綬隔垂藤。即事辭軒冕，誰云病未能。

山居即事

寂寞掩柴扉，蒼茫對落暉。鶴巢松樹遍，人訪篳門稀。綠竹含新粉，紅蓮落故衣。渡頭燈火起，處處採菱歸。

終南山

太乙近天都，連山到海隅。白雲迴望合，青靄入看無。分野中峰變，陰晴衆壑殊。欲投人處宿，隔水問樵夫。

按：詩題，《文苑英華》作『終山行』。

輞川閑居

一從歸白社，不復到青門。時倚檐前樹，遠看原上村。青菰臨水映，白鳥向山翻。寂寞於陵子，桔槔方灌園。

春園即事

宿雨乘輕屐，春寒著弊袍。開畦分白水，間柳發紅桃。草際成棋局，林端舉桔槔。還持鹿皮几，日暮隱蓬蒿。

淇上田園即事

屏居淇水上，東野曠無山。日隱桑柘外，河明閭井間。牧童望村去，獵犬隨人還。静者亦何事，荆扉乘晝關。

凉州郊外游望

時爲節度判官，在凉州作。

野老纔三户，邊村少四鄰。婆娑依里社，簫鼓賽田神。灑酒澆芻狗，焚香拜木人。女巫紛屢舞，羅襪自生塵。

觀獵

風勁角弓鳴，將軍獵渭城。草枯鷹眼疾，雪盡馬蹄輕。忽過新豐市，還歸細柳營。迴看射鵰處，千里暮雲平。

按：詩題，《唐詩紀事》作『獵騎』；《樂府詩集》《萬首唐人絶句》以前四句作五絶，並題曰『戎渾』。

春日上方一作『房』。即事

好讀高僧傳，時看辟穀方。鳩形將刻杖，龜殼用支床。柳色春山映，梨花夕鳥藏。北窗桃李下，閑坐但焚香。

漢江臨泛

楚塞三湘接，荊門九派通。江流天地外，山色有無中。郡邑浮前浦，波瀾動遠空。襄陽好風日，留醉與山翁。

泛前陂

秋空自明迥，况復遠人間。暢以沙際鶴，兼之雲外山。澄波澹將夕，清月皓方閑。此夜任孤棹，夷猶殊未還。

登河北城樓作

井邑傅岩上，客亭雲霧間。高城眺落日，極浦映蒼山。岸火孤舟宿，漁家夕鳥還。寂寥天地暮，心與廣川閑。

千塔主人

逆旅逢佳節，征帆未可前。窗臨汴河水，門渡楚人船。鷄犬散墟落，桑榆蔭遠田。所居人不見，枕席生雲烟。

使至塞上

單車欲問邊，屬國過居延。征蓬出漢塞，歸雁入胡天。大漠孤烟直，長河落日圓。蕭關逢候騎，都護在燕然。

晚春閨思

新妝可憐色，落日卷羅帷。爐氣清珍簟，墻陰上玉墀。春蟲飛網户，暮雀隱花枝。向晚多愁思，閑窗桃李時。

按：詩題，《河嶽英靈集》作『春閨』。

戲題示蕭氏甥

憐爾解臨池，渠爺未學詩。老夫何足似，弊宅倘因之。蘆筍穿荷葉，菱花罥雁兒。郗公不易勝，莫著外家欺。

秋夜獨坐

獨坐悲雙鬢，空堂欲二更。雨中山果落，燈下草蟲鳴。白髮終難變，黄金不可成。欲知除老病，唯有學無生。

按：詩題，《唐詩正音》作『冬夜書懷』。

待儲光羲不至

重門朝已啓，起坐聽車聲。要欲聞清佩，方將出户迎。曉鐘鳴上苑，疏雨過春城。了自不相顧，臨堂空復情。

聽宮鶯

春樹繞宮墻，春鶯囀曙光。欲驚啼暫斷，移處弄還長。隱葉栖承露，攀花出未央。游人未應返，爲此思故鄉。

雜詩

雙燕初命子，五桃初作花。王昌是東舍，宋玉次西家。小小能織綺，時時出浣紗。親勞使君問，南陌駐香車。

留別錢起

卑棲却得性，每與白雲歸。徇禄仍懷橘，看山免採薇。一作『別山如昨日，春露已霑衣。采蕨頻盈手，看花空厭歸』。暮禽先去馬，新月待開扉。霄漢時回首，知音青瑣闈。

按：一作錢起詩，題作『晚歸藍田酬王維給事贈別』，《文苑英華》亦謂是起詩，題作『晚歸藍田酬中書常舍人贈別』。

留別丘爲

歸鞍白雲外，繚繞出前山。今日又明日，自知心不閑。親勞簪組送，欲趁鶯花還。一步一回首，遲遲向近關。

愚公谷三首 青龍寺與黎昕戲題。

愚谷與誰去，唯將黎子同。非須一處住，不那兩心空。寧問春將夏，誰論西復東。不知吾與子，若個是愚公。

吾一作『愚』。家愚谷裏，此谷本來平。雖則行無迹，還能響應聲。不隨雲色暗，只待日光明。緣底名愚谷，都由愚所成。

借問愚公谷，與君聊一尋。不尋翻到谷，此谷不離心。行處曾無險，看時豈有深。寄言塵世客，何處欲歸一作『窺』。臨一作『林』。

酬慕容上

行行西陌返，駐幰問車公。挾轂雙官騎，應門五尺僮。老年如塞北，强起離墻東。爲報壺丘子，來人道姓蒙。

過秦一作『始』。皇墓時年十五。一作二十一。

古墓成蒼嶺，幽宫象紫臺。星辰七曜隔，河漢九泉開。有海人寧渡，無春雁不迴。更聞松韻切，疑是大夫哀。

恭懿太子挽歌五首

何悟藏環早，纔知拜璧年。翀天王子去，對日聖君憐。樹轉宫猶出，笳悲馬不前。雖蒙絶馳道，京兆別開阡。

蘭殿新恩切，椒宮夕臨幽。白雲隨鳳管，明月在龍樓。人向青山哭，天臨渭水愁。鷄鳴常問膳，今恨玉京留。

騎吹凌霜發，旌旗夾路陳。凱容金節護，册命玉符新。傅母悲香褓，君家擁畫輪。射熊今夢帝，秤象問何人。

蒼舒留帝寵，子晋有仙才。五歲過人智，三天使鶴催。心悲陽禄館，目斷望思臺。若道長安近，何爲更不來。

西望昆池闊，東瞻下杜平。山朝豫章館，樹轉鳳凰城。五校連旗色，千門疊鼓聲。金環如有驗，還向畫堂生。

故太子太師徐公挽歌四首

功德冠群英，彌綸有大名。軒皇用風后，傅説是星精。就第優遺老，來朝詔不名。留侯常辟穀，何苦不長生。

謀猷爲相國，翊贊奉乘輿。劍履升前殿，貂蟬托後車。齊侯疏土宇，漢室賴圖書。僻處留田宅，仍纔十頃餘。

舊里趨庭日，新年置酒辰。聞詩鸞渚客，獻賦鳳樓人。北闕辭明主，東堂哭大臣。猶思御朱輅，不惜污車茵。

久踐中台座，終登上將壇。誰言斷車騎，空憶盛衣冠。風日咸陽慘，笳簫渭水寒。無人當便闕，應罷太師官。

故西河郡杜太守挽歌三首

天上去西征，雲中護北平。生擒白馬將，連破黑鵰城。忽見芻靈苦，徒聞竹使榮。空留左氏傳，誰繼卜商名。

返葬金符守，同歸石窌棲。卷衣悲畫翟，持翣待鳴鷄。容衛都人慘，山川駟馬嘶。猶聞隴上客，相對哭征西。

塗芻去國門，秘器出東園。太守留金印，夫人罷錦軒。旌旐轉衰木，簫鼓上寒原。墳樹應西靡，長思魏闕恩。

故南陽夫人樊氏挽歌

錦衣餘翟黻，綉轂罷魚軒。淑女詩長在，夫人法尚存。凝笳隨曉旆，行哭向秋原。歸去將何見，誰能返戟門。

達奚侍郎夫人寇氏挽歌二首

束帶將朝日，鳴環映牖辰。能令諫明主，相勸識賢人。遺挂空留壁，迴文日覆塵。金蠶將畫柳，何處更知春。

女史悲彤管，夫人罷錦軒。卜塋占二室，行哭度千門。秋日光能淡，寒川波自翻。一朝成萬古，松柏暗平原。

送孫秀才

帝城風日好，況復建平家。玉枕雙文簟，金盤五色瓜。山中無魯酒，松下飯胡麻。莫厭田家苦，歸期遠復賒。

按：《唐詩紀事》以此詩爲王縉之作。

卷三

奉和聖製慶玄元皇帝玉像之作應制

明君夢帝先，寶命上齊天。秦后徒聞樂，周王耻卜年。玉京移大像，金籙會群仙。承露調天供，臨空敞御筵。斗迴迎壽酒，山近起爐烟。願奉無爲化，齋心學自然。

奉和聖製與太子諸王三月三日龍池春禊應制

故事修春禊，新宫展豫游。明君移鳳輦，太子出龍樓。賦掩陳王作，杯如洛水流。金人來捧劍，畫鷁去回舟。苑樹浮宫闕，天池照冕旒。宸章在雲漢，垂象滿皇州。

奉和聖製上巳于望春亭觀禊飲應制

長樂青門外，宜春小苑東。樓開萬户上，輦過百花中。畫鷁移仙妓，金貂列上公。清歌邀落日，妙舞向春風。渭水明秦甸，黄山入漢宫。君王來祓禊，灞滻亦朝宗。

奉和聖製暮春送朝集使歸郡應制

萬國仰宗周，衣冠拜冕旒。玉乘迎大客，金節送諸侯。祖席傾三省，褰帷向九州。楊花飛上路，槐色蔭通溝。來預鈞天樂，歸分漢主憂。宸章類河漢，垂象滿中州。

三月三日曲江一有『樓』字。侍宴應制

萬乘親齋祭，千官喜豫游。奉迎從上苑，祓禊向中流。草樹連容衛，山河對冕旒。畫旗摇浦溆，春服滿汀洲。仙樂龍媒下，神皋鳳蹕留。從今億萬歲，天寶紀春秋。

奉和聖製重陽節宰臣及群臣上壽應制

四海方無事，三秋大有年。百生無此日，萬壽願齊天。芍藥和金鼎，茱萸插玳筵。玉堂開右个，天樂動宫懸。御柳疏秋影，城鴉拂曙烟。無窮菊花節，長奉柏梁篇。

三月三日勤政樓侍宴應制

彩仗連宵合，瓊樓拂曙通。年光三月裏，宮殿百花中。不數秦王日，誰將洛水同。酒筵嫌落絮，舞袖怯春風。天保無爲德，人歡不戰功。仍臨九衢宴，更達四門聰。

奉和聖製十五夜然燈繼以酺宴一有『之作』二字。應制

上路笙歌滿，春城漏刻長。游人多晝日，明月讓燈光。魚鑰通翔鳳，龍輿出建章。九衢陳廣樂，百福透名香。仙妓來金殿，都人繞玉堂。定應偷妙舞，從此學新妝。奉引迎三事，司儀列萬方。願將天地壽，同以獻君王。

奉和聖製幸玉真公主山莊因題石壁十韻之作應制

碧落風烟外，瑶臺道路賒。如何連帝苑，别自有仙家。此地回鑾駕，緣溪轉翠華。洞中開日月，窗裏發雲霞。庭養沖天鶴，溪流上漢查。種田生白玉，泥竈化丹砂。谷静泉逾響，山深日易斜。御羹和石髓，香飯進胡麻。大道今無外，長生詎有涯。還瞻九霄上，來往五雲車。

春日直門下省早朝時爲左補闕。

騎省直明光，鷄鳴謁建章。遥聞侍中佩，暗識令君香。玉漏隨銅史，天書拜夕郎。旌旗映閶闔，歌吹滿昭陽。官舍梅初紫，宫門柳欲黄。願將遲日意，同與聖恩長。

和僕射晋公扈從温湯時爲右補闕。

天子幸新豐，旌旗渭水東。寒山天仗裏，温谷幔城中。奠玉群仙座，焚香太乙宫。出游逢牧馬，罷獵有非熊。上宰無爲化，明時太古同。靈芝三秀紫，陳粟萬箱紅。王禮尊儒教，天兵小戰功。謀猷歸哲匠，詞賦屬文宗。司諫方無闕，陳詩且未工。長吟吉甫頌，朝夕仰清風。

和宋中丞夏日游福賢觀天長寺之作即陳左相所施。

已相殷王國，空餘尚父溪。釣磯開月殿，築道出雲梯。積水浮香象，深山鳴白鷄。虚空陳伎樂，衣服製虹霓。墨點三千界，丹飛六一泥。桃源勿遽返，再訪恐君迷。

和陳監四郎秋雨中思從弟據

嫋嫋秋風動，淒淒烟雨繁。聲連鳷鵲觀，色暗鳳凰原。細柳疏高閣，輕槐落洞門。九衢行欲斷，萬井寂無喧。忽有愁霖唱，更陳多露言。平原思令弟，康樂謝賢昆。逸興方三接，衰顔强七奔。相如今老病，歸守茂陵園。

上張令公

珥筆趨丹陛，垂璫上玉除。步檐青瑣闥，方幰畫輪車。市閲千金字，朝開五色書。致君光帝典，薦士滿公車。伏奏回金駕，横經重石渠。從兹罷角抵，希復幸儲胥。天統知堯後，王章笑魯初。匈奴遥俯伏，漢相儼簪裾。賈生非不遇，汲黯自堪疏。學易思求我，言詩或起予。嘗從大夫後，何惜隸人餘。

贈焦道士

海上游三島，淮南預八公。坐知千里外，跳向一壺中。縮地朝珠闕，行天使玉童。飲人聊割酒，送客乍分風。天老能行氣，吾師不養空。謝君徒雀躍，無可問鴻濛。

贈東嶽焦煉師

先生千歲餘，五嶽遍曾居。遥識齊侯鼎，新過王母廬。不能師孔墨，何事問長沮。玉管時來鳳，銅盤即釣魚。竦身空裏語，明目夜中書。自有還丹術，時論太素初。頻蒙露版詔，時降軟輪車。山静泉逾響，松高枝轉疏。支頤問樵客，世上復何如。

送秘書晁監還日本國并序

舜覲群后，有苗不格；禹會諸侯，防風後至。動干戚之舞，興斧鉞之誅。乃貢九牧之金，始頒五瑞之玉。我開元天地大寶聖文神武應道皇帝，大道之行，先天布化；乾元廣運，涵育無垠。若華爲東道之標，戴勝爲西門之候，豈甘心于筇杖，非徵貢于包茅。亦由呼耶來朝，舍于葡萄之館。卑彌遣使，報以蛟龍之錦。犧牲玉帛，以將厚意；服食器用，不寶遠物。百神受職，五老告期。况乎戴髮含齒，得不稽顙屈膝。海東國日本爲大，服聖人之訓，有君子之風。正朔本乎夏時，衣裳同乎漢制。歷歲方達，繼舊好于行人；滔天無涯，貢方物于天子。同儀加等，位在王侯之先；掌次改觀，不居蠻夷之邸。我無爾詐，爾無我虞。彼以好來，廢關弛禁；上敷文教，虛至實歸。故人民雜居，往來如市。晁司馬結髮游聖，負笈辭親，問禮于老聃，學詩于子夏。魯借車馬，孔丘遂適于宗周；鄭獻縞衣，季札始通于上國。名成太學，官至客卿。必齊之姜，不歸娶于高國；在楚猶晉，亦何獨于由余。游宦三年，願以君羹遺母；不居一國，欲其晝錦還鄉。莊舄既顯而思歸，關羽報恩而終去。于是稽首北闕，裹足東轅。篋命賜之衣，懷敬問之詔。金簡玉字，傳道經于絕域之人；方鼎彝尊，致分器于異姓之國。琅琊臺上，回望龍門；碣石館前，夐然鳥逝。鯨魚噴浪，則萬里倒回；鷁首乘雲，則八風却走。扶桑若薺，鬱島如萍。

沃白日而簸三山，浮蒼天而吞九域。黃雀之風動地，黑蜃之氣成雲，淼不知其所之，何相思之可寄。嘻！去帝鄉之故舊，謁本朝之君臣。咏七子之詩，佩兩國之印。恢我王度，諭彼蕃臣。三寸猶在，樂毅辭燕而未老；十年在外，信陵歸魏而逾尊。子其行乎，余贈言者。

積水不可極，安知滄海東。九州何處遠，萬里若乘空。向國惟看日，歸帆但信風。鰲身映天黑，魚眼射波紅。鄉樹扶桑外，主人孤島中。別離方異域，音信若爲通。

送徐一作『禰』。郎中

東郊春草色，驅馬去悠悠。況復鄉山外，猿啼湘水流。島夷傳露版，江館候鳴騶。卉服爲諸吏，珠官拜本州。孤鶯吟遠墅，野杏發山郵。早晚方歸奏，南中絶忌秋。

送李太守赴上洛

商山包楚鄧，積翠藹沉沉。驛路飛泉灑，關門落照深。野花開古戍，行客響空林。板屋春多雨，山城晝欲陰。丹泉通虢略，白羽抵荆岑。若見西山爽，應知黄綺心。

送熊九赴任安陽

魏國應劉後，寂寥文雅空。漳河如舊日，之子繼清風。阡陌銅臺下，閭閻金虎中。送車盈灞上，輕騎出關東。相去千餘里，西園明月同。

山中示弟

山林吾喪我，冠帶爾成人。莫學嵇康懶，且安原憲貧。山陰多北户，泉水在東鄰。緣合妄相有，性空無所親。安知廣成子，不是老夫身。

青龍寺曇壁上人兄院集并序○與王昌齡、裴迪、弟縉同作。序云江寧大兄，即昌齡也。

吾兄大開蔭中，明徹物外，以定力勝敵，以惠用解嚴。深居僧坊，傍俯人里。高原陸地，下映芙蓉之池；竹林果園，中秀菩提之樹。八極氛霽，萬彙塵息，太虛寥廓，南山爲之端倪；皇州蒼茫，渭水貫于天地。經行之後，趺坐而閑，升堂梵筵，餌客香飯。不起而游覽，不風而清涼。得世界于蓮花，記文章于貝葉。時江寧大兄持片石命維序之，詩五韻，座上成。

高處敞招提，虚空詎有倪。坐看南陌騎，下聽秦城鷄。渺渺孤烟起，芊芊遠樹齊。青山萬井外，落日五陵西。眼界今無染，心空安可迷。

濟州過趙叟家宴 公左降濟州司倉參軍時作。

雖與人境接，閉門成隱居。道言莊叟事，儒行魯人餘。深巷斜暉静，閑門高柳疏。荷鋤修藥圃，散帙曝農書。上客摇芳翰，中厨饋野蔬。夫君第高飲，景晏出林閭。

春過賀遂員外藥園

前年槿籬故，今作藥欄成。香草爲君子，名花是長卿。水穿盤石透，藤繫古松生。畫畏開厨走，來蒙倒屣迎。蔗漿菰米飯，蒟醬露葵羹。頗識灌園意，於陵不自輕。

過盧四員外宅看飯僧共題七韻

三賢異七聖，青眼慕青蓮。乞飯從香積，裁衣學水田。上人飛錫杖，檀越施金錢。趺坐檐前日，焚香竹下烟。寒空法雲地，秋色净居天。身逐因緣法，心過次第禪。不須愁日暮，自有一燈然。

河南嚴尹弟見宿弊廬訪别人賦十韻

上客能論道，吾生學養蒙。貧交世情外，才子古人中。冠上方簪豸，車邊已畫熊。拂衣迎五馬，垂手憑雙童。花醥和松屑，茶香透竹叢。薄霜澄夜月，殘雪帶春風。古壁蒼苔黑，寒山遠燒紅。眼看東候别，心事北山同。爲學輕先輩，何能訪老翁。欲知今日後，不樂爲車公。

投道一師蘭若宿

一公栖太白，高頂出雲烟。梵流諸壑遍，花雨一峰偏。迹爲無心隱，名因立教傳。鳥來還語法，客去更安禪。晝涉松露盡，暮投蘭若邊。洞房隱深竹，清夜聞遥泉。向是雲霞裏，今成枕席前。豈唯留暫宿，服事將窮年。

按：詩題，一作『宿道一上方院』。

游感化寺

翡翠香烟合，琉璃寶地平。龍宫連棟宇，虎穴傍檐楹。谷静唯松響，山深無鳥聲。瓊峰當户拆，金澗透林鳴。郢路雲端迥，秦川雨外晴。雁王銜果獻，鹿女踏花行。抖擻辭貧里，歸依宿化城。繞籬生野蕨，空館發山櫻。香飯青菰米，嘉蔬緑芋羹。誓陪清梵末，端坐學無生。

游悟真寺

聞道黄金地，仍開白玉田。擲山移巨石，呪嶺出飛泉。猛虎同三逕，愁猿學四禪。買香燃緑桂，乞火踏紅蓮。草色摇霞上，松聲泛月邊。山河窮百二，世界滿三千。梵宇聊憑視，王城遂渺然。灞陵纔出樹，渭水欲連天。遠縣分諸郭，孤村起白烟。望雲思聖主，披霧憶群賢。薄宦慚尸素，終身擬尚玄。誰知草庵客，曾和柏梁篇。

按：《唐詩紀事》《唐詩品彙》俱以此詩爲王縉所作。

與蘇盧二員外期游方丈寺而蘇不至因有是作

共仰頭陀行，能忘世諦情。回看雙鳳闕，相去一牛鳴。法向空林説，心隨寶地平。手巾花氎净，香帔稻畦成。聞道邀同舍，相期宿化城。安知不來往，翻以得無生。

按：《文苑英華》《唐詩品彙》俱以此詩爲王昌齡所作。

曉行巴峽

際曉投巴峽，餘春憶帝京。晴江一女浣，朝日衆鷄鳴。水國舟中市，山橋樹杪行。登高萬井出，眺迥二流明。人作殊方語，鶯爲故國聲。賴諳山水趣，稍解别離情。

賦得清如玉壺冰 京兆府試，時年十九。

藏冰玉壺裏，冰水類方諸。《文苑英華》作『玉壺何用好，偏許素冰居』。未共銷丹日，還同照綺疏。抱明中不隱，含净外疑虚。氣似庭霜積，光言砌月餘。曉凌飛鵲鏡，宵映聚螢書。若向夫君比，清心尚不如。《文苑英華》作『若向貪夫比，貞心定不如』。

按：詩題，凌本、《文苑英華》皆無『賦得』二字。

賦得秋日懸清光

寥廓凉天静，晶明白日秋。圓光含萬象，碎影入閑流。迥與青冥合，遥向江甸浮。晝陰殊衆木，斜影下危樓。宋玉登高怨，張衡望遠愁。餘暉如可托，雲路豈悠悠。

按：《詩雋類函》《唐詩類苑》俱作王維詩，《唐詩品彙》作無名氏詩。

東溪玩月

月從斷山口，遥吐柴門端。萬木分空霽，流陰中夜攢。光連虚象白，氣與風露寒。谷静秋泉響，岩深青靄殘。清澄入幽夢，破影抱空巒。恍惚琴窗裏，松溪曉思難。

按：顧元緯外編録此首，《文苑英華》亦作王維詩，《唐文粹》作王昌齡詩。

田家

舊穀行將盡，良苗未可希。老年方愛粥，卒歲且無衣。雀乳青苔井，鷄鳴白板扉。柴車駕羸牸，草屩牧豪豨。多雨紅榴折，新秋緑芋肥。餉田桑下憩，旁舍草中歸。住處名愚谷，何煩問是非。

沈十四拾遺新竹生讀經處同諸公之作

閑居日清静，修竹自檀欒。嫩節留餘籜，新叢出舊闌。細枝風響亂，疏影月光寒。樂府裁龍笛，漁家伐釣竿。何如道門裏，青翠拂仙壇。

雜詩

朝因折楊柳，相見洛城隅。楚國無如妾，秦家自有夫。對人傳玉腕，映竹解羅襦。人見東方騎，皆言夫婿殊。持謝金吾子，煩君提玉壺。

哭褚司馬

妄識皆心累，浮生定死媒。誰言老龍吉，未免伯牛灾。故有求仙藥，仍餘遁俗杯。山川秋樹苦，窗户夜泉哀。尚憶青騾去，寧知白馬來。漢臣修史記，莫蔽褚生才。

過沈居士山居哭之

楊朱來此哭，桑扈返于真。獨自成千古，依然舊四鄰。閑簷喧鳥雀，故榻滿埃塵。曙月孤鶯囀，空山五柳春。野花愁對客，泉水咽迎人。善卷明時隱，黔婁在日貧。逝川嗟爾命，丘井嘆吾身。前後徒言隔，相悲詎幾晨。

哭祖六自虛 時年十八。

否極當聞泰，嗟君獨不然。憫凶纔稚齒，羸疾至中年。餘力文章秀，生知禮樂全。翰留天帳覽，詞入帝宮傳。國訝終軍少，人知賈誼賢。公卿盡虛左，朋識共推先。不恨依窮轍，終期濟巨川。才雄望羔雁，壽促背貂蟬。福善聞前録，殲良昧上玄。何辜鍛鸞翮，何事與龍泉。鵬起長沙賦，麟終曲阜編。域中君道廣，海内我情偏。乍失疑猶見，沈思悟絶緣。生前不忍別，死後向誰宣。爲此情難盡，彌令憶更纏。本家清渭曲，歸葬舊塋邊。永去長安道，徒聞京兆阡。旌車出郊甸，鄉國隱雲天。定作無期別，寧同舊日旋。候門家屬苦，行路國人憐。送客哀終進，征途泥復前。贈言爲挽曲，奠席是離筵。念昔同携手，風期不暫捐。南山俱隱逸，東洛類神仙。未省音容間，那堪生死遷。花時金谷飲，月夜竹林眠。滿地傳都賦，傾朝看藥船。群公咸屬目，微物敢齊肩。謬合同人旨，而將玉樹連。不期先挂劍，長恐後施鞭。爲善吾無矣，知音子絶焉。琴聲縱不没，終亦斷悲弦。

卷四

奉和聖製從蓬萊向興慶閣道中留春雨中春望之作應制

渭水自縈秦塞曲，黄山舊繞漢宫斜。鑾輿迥出仙門柳，閣道迴看上苑花。雲裏帝城雙鳳闕，雨中春樹萬人家。爲乘陽氣行時令，不是宸游重物華。

大同殿柱産玉芝龍池上有慶雲神光照殿百官共睹聖恩便賜宴樂敢書即事

欲笑周文歌宴鎬，遥輕漢武樂横汾。豈知玉殿生三秀，詎有銅池出五雲。陌上堯樽傾北斗，樓前舜樂動南薰。共歡天意同人意，萬歲千秋奉聖君。

敕賜百官櫻桃 時爲文部郎。

芙蓉闕下會千官，紫禁朱櫻出上蘭。總是寢園春薦後，非關御苑鳥銜殘。歸鞍競帶青絲籠，中使頻傾赤玉盤。飽食不須愁内熱，大官還有蔗漿寒。

敕借岐王九成宫避暑應教

帝子遠辭丹鳳闕，天書遥借翠微宫。隔窗雲霧生衣上，卷幔山泉入鏡中。林下水聲喧語笑，岩間樹色隱房櫳。仙家未必能勝此，何事吹笙向碧空。

和賈舍人早朝大明宫之作

絳幘鷄人送曉籌，尚衣方進翠雲裘。九天閶闔開宫殿，萬國衣冠拜冕旒。日色纔臨仙掌動，香烟欲傍衮龍浮。朝罷須裁五色詔，珮聲歸向鳳池頭。

和太常韋主簿五郎温湯寓目之作

漢主離宫接露臺，秦川一半夕陽開。青山盡是朱旗繞，碧澗翻從玉殿來。新豐樹裏行人度，小苑城邊獵騎迴。聞道甘泉能獻賦，懸知獨有子雲才。

苑舍人能書梵字兼達梵音皆曲盡其妙戲爲之贈

名儒待詔滿公車，才子爲郎典石渠。蓮花法藏心懸悟，貝葉經文手自書。楚詞共許勝揚馬，梵字何人辨魯魚。故舊相望在三事，願君莫厭承明廬。

重酬苑郎中

并序○時爲庫部員外。

頃輒奉贈，忽枉見酬。敘末云：且久不遷，因而嘲及。詩落句云：『應同羅漢無名欲，故作馮唐老歲年。』亦解嘲之類也。

何幸含香奉至尊，多慚未報主人恩。草木豈能酬雨露，榮枯安敢問乾坤。仙郎有意憐同舍，丞相無私斷掃門。揚子解嘲徒自遣，馮唐已老復何論。

酬郭給事

洞門高閣靄餘暉，桃李陰陰柳絮飛。禁裏疏鐘官舍晚，省中啼鳥吏人稀。晨搖玉珮趨金殿，夕奉天書拜瑣闈。强欲從君無那老，將因卧病解朝衣。

出塞 時爲御史，監察塞上作。

居延城外獵天驕，白草連天野火燒。暮雲空磧時驅馬，秋日平原好射雕。護羌校尉朝乘障，破虜將軍夜渡遼。玉靶角弓珠勒馬，漢家將賜霍嫖姚。

既蒙宥罪旋復拜官伏感聖恩竊書鄙意兼奉簡新除使君等諸公

忽蒙漢詔還冠冕，始覺殷王解網羅。日比皇明猶自暗，天齊聖壽未云多。花迎喜氣皆知笑，鳥識歡心亦解歌。聞道百城新佩印，還來雙闕共鳴珂。

送方尊師歸嵩山

仙官欲往九龍潭，旄節朱幡倚石龕。山壓天中半天上，洞穿江底出江南。瀑布杉松常帶雨，夕陽彩翠忽成嵐。借問迎來雙白鶴，已曾衡嶽送蘇耽。

送楊少府貶郴州

明到衡山與洞庭，若爲秋月聽猿聲。愁看北渚三湘遠，惡説南風五兩輕。青草瘴時過夏口，白頭浪裏出湓城。長沙不久留才子，賈誼何須吊屈平。

過乘如禪師蕭居士嵩丘蘭若

無著天親弟與兄，嵩丘蘭若一峰晴。食隨鳴磬巢烏下，行踏空林落葉聲。迸水定侵香案濕，雨花應共石床平。深洞長松何所有，儼然天竺古先生。

春日與裴迪過新昌里訪吕逸人不遇

桃源一向絶風塵，柳市南頭訪隱淪。到門不敢題凡鳥，看竹何須問主人。城外青山如屋裏，東家流水入西鄰。閉户著書多歲月，種松皆老作龍鱗。

酌酒與裴迪

酌酒與君君自寬，人情翻覆似波瀾。白首相知猶按劍，朱門先達笑彈冠。草色全經細雨濕，花枝欲動春風寒。世事浮雲何足問，不如高卧且加餐。

輞川别業

不到東山向一年，歸來纔及種春田。雨中草色緑堪染，水上桃花紅欲然。優婁比丘經論學，傴僂丈人鄉里賢。披衣倒屣且相見，相歡語笑衡門前。

早秋山中作

無才不敢累明時，思向東溪守故籬。豈厭尚平婚嫁早，却嫌陶令去官遲。草堂蛩響臨秋急，山裏蟬聲薄暮悲。寂寞柴門人不到，空林獨與白雲期。

積雨輞川莊作

積雨空林烟火遲，蒸藜炊黍餉東菑。漠漠水田飛白鷺，陰陰夏木囀黄鸝。山中習静觀朝槿，松下清齋折露葵。野老與人争席罷，海鷗何事更相疑。

按：詩題，《文苑英華》作「秋雨輞川莊作」，《衆妙集》作「秋歸輞川莊作」。

聽百舌鳥

上蘭門外草萋萋，未央宫中花裏栖。亦有相隨過御苑，不知若個向金堤。入春解作千般語，拂曙能先百鳥啼。萬户千門應覺曉，建章何必聽鳴鷄。

息夫人時年二十。

莫以今時寵，能忘舊日恩。看花滿眼泪，不共楚王言。

按：詩題，《河嶽英靈集》作『息夫人怨』，《國秀集》作『息嬀怨』。

班婕妤三首

玉窗螢影度，金殿人聲絶。秋夜守羅帷，孤燈耿不滅。

宫殿生秋草，君王恩幸疏。那堪聞鳳吹，門外度金輿。

怪來妝閤閉，朝下不相迎。總向春園裏，花間笑語聲。

按：前二首，《河嶽英靈集》並作『婕妤怨』，其三，《國秀集》題作『扶南曲』。

輞川集 并序

余别業在輞川山谷，其游止有孟城坳、華子岡、文杏館、斤竹嶺、鹿柴、木蘭柴、茱萸沜、宫槐陌、臨湖亭、南垞、欹湖、柳浪、欒家瀨、金屑泉、白石灘、北垞、竹里館、辛夷塢、漆園、椒園等，與裴迪閑暇，各賦絶句云。

孟城坳

新家孟城口，古木餘衰柳。來者復爲誰，空悲昔人有。

華子岡

飛鳥去不窮，連山復秋色。上下華子岡，惆悵情何極。

文杏館

文杏裁爲梁，香茅結爲宇。不知棟裏雲，去作人間雨。

斤竹嶺

檀欒映空曲，青翠漾漣漪。暗入商山路，樵人不可知。

鹿柴

空山不見人，但聞人語響。返景入深林，復照青苔上。

木蘭柴

秋山斂餘照，飛鳥逐前侶。彩翠時分明，夕嵐無處所。

茱萸沜

結實紅且緑，復如花更開。山中儻留客，置此茱萸杯。

宫槐陌

仄徑蔭宫槐，幽陰多緑苔。應門但迎掃，畏有山僧來。

臨湖亭

輕舸迎上客，悠悠湖上來。當軒對尊酒，四面芙蓉開。

南垞

輕舟南垞去，北垞淼難即。隔浦望人家，遥遥不相識。

欹湖

吹簫凌極浦，日暮送夫君。湖上一回首，青山卷白雲。

柳浪

分行接綺樹，倒影入清漪。不學御溝上，春風傷别離。

欒家瀨

颯颯秋雨中，淺淺石溜瀉。跳波自相濺，白鷺驚復下。

金屑泉

日飲金屑泉，少當千餘歲。翠鳳翔文螭，羽節朝玉帝。

白石灘

清淺白石灘，綠蒲向堪把。家住水東西，浣紗明月下。

北垞

北垞湖水北，雜樹映朱闌。逶迤南川水，明滅青林端。

竹里館

獨坐幽篁裏，彈琴復長嘯。深林人不知，明月來相照。

辛夷塢

木末芙蓉花，山中發紅萼。澗户寂無人，紛紛開且落。

漆園

古人非傲吏，自闕經世務。偶寄一微官，婆娑數株樹。

椒園

桂尊迎帝子，杜若贈佳人。椒漿奠瑤席，欲下雲中君。

皇甫嶽雲溪雜題五首

鳥鳴澗

人閑桂花落，夜静春山空。月出驚山鳥，時鳴春澗中。

蓮花塢

日日採蓮去，洲長多暮歸。弄篙莫濺水，畏濕紅蓮衣。

鸕鷀堰

乍向紅蓮没，復出清浦颺。獨立何襹褷，銜魚古查上。

上平田

朝耕上平田，暮耕上平田。借問問津者，寧知沮溺賢。

萍池

春池深且廣，會待輕舟迴。靡靡緑萍合，垂楊掃復開。

答裴迪輞口遇雨憶終南山之作

淼淼寒流廣，蒼蒼秋雨晦。君問終南山，心知白雲外。

山中寄諸弟妹

山中多法侶，禪誦自爲群。城郭遥相望，唯應見白雲。

聞裴秀才迪吟詩因戲贈

猿吟一何苦，愁朝復悲夕。莫作巫峽聲，腸斷秋江客。

贈韋穆十八

與君青眼客，共有白雲心。不向東山去，日令春草深。

送別

山中相送罷，日暮掩柴扉。春草明年綠，王孫歸不歸。

按：詩題，《萬首唐人絶句》《唐詩正音》《唐詩品彙》俱作『山中送別』，《名賢詩》作『送友』。

臨高臺送黎拾遺

相送臨高臺，川原杳何極。日暮飛鳥還，行人去不息。

別輞川別業

依遲動車馬，惆悵出松蘿。忍別青山去，其如綠水何。

崔九弟欲往南山馬上口號與別

城隅一分手，幾日還相見。山中有桂花，莫待花如霰。

按：詩題，《唐文粹》無『馬上口號與別』六字，《萬首唐人絕句》作『別崔九弟』。

題友人雲母障子時年十五。

君家雲母障，持向野庭開。自有山泉入，非因彩畫來。

紅牡丹

緑艶閑且静，紅衣淺復深。花心愁欲斷，春色豈知心。

左掖梨花一作『海棠』。○與丘爲、皇甫冉同作。

閑灑階邊草，輕隨箔外風。黄鶯弄不足，銜入未央宫。

菩提寺禁口號又示裴迪

安得捨塵網，拂衣辭世喧。悠然策藜杖，歸向桃花源。

雜詩三首

家住孟津河，門對孟津口。常有江南船，寄書家中否。

君自故鄉來，應知故鄉事。來日綺窗前，寒梅著花未。

已見寒梅發，復聞啼鳥聲。愁心視春草，畏向階前生。

崔興宗寫真詠

畫君年少時，如今君已老。今時新識人，知君舊時好。

按：詩題，《唐詩紀事》作『與崔興宗寫真詠』。

山茱萸

朱實山下開，清香寒更發。幸有叢桂花，窗前向秋月。

相思

紅豆生南國，秋來發幾枝。願君多採擷，此物最相思。

書事出天厨禁臠。

輕陰閣小雨，深院晝慵開。坐看蒼苔色，欲上人衣來。

哭孟浩然 時爲殿中侍御史，知南選，至襄陽作。

故人不可見，漢水日東流。借問襄陽老，江山空蔡洲。

闕題二首

荆溪白石出，天寒紅葉稀。山路元無雨，空翠濕人衣。

相看不忍發，慘淡暮潮平。語罷更攜手，月明洲渚生。

田園樂七首

出入千門萬户，經過北里南鄰。蹀躞鳴珂有底，崆峒散髮何人。

再見封侯萬户，立談賜璧一雙。詎勝耦耕南畝，何如高卧東窗。

採菱渡頭風急，策杖村西日斜。杏樹壇邊漁父，桃花源裏人家。

萋萋芳草春緑，落落長松夏寒。牛羊自歸村巷，童稚不識衣冠。

山下孤烟遠村，天邊獨樹高原。一瓢顔回陋巷，五柳先生對門。

桃紅復含宿雨，柳緑更帶春烟。花落家童未掃，鶯啼山客猶眠。

酌酒會臨泉水，抱琴好倚長松。南園露葵朝折，東谷黄粱夜舂。

按：詩題，《詩林廣記》作『輞川六言』。

少年行四首

新豐美酒斗十千，咸陽游俠多少年。相逢意氣爲君飲，繫馬高樓垂柳邊。

出身仕漢羽林郎，初隨驃騎戰漁陽。孰知不向邊庭苦，縱死猶聞俠骨香。

一身能擘兩雕弧，虜騎千重只似無。偏坐金鞍調白羽，紛紛射殺五單于。

漢家君臣歡宴終，高議雲臺論戰功。天子臨軒賜侯印，將軍佩出明光宮。

贈裴旻將軍

腰間寶劍七星文，臂上雕弓百戰勳。見説雲中擒黠虜，始知天上有將軍。

九月九日憶山東兄弟時年十七。

獨在異鄉爲異客，每逢佳節倍思親。遥知兄弟登高處，遍插茱萸少一人。

送王尊師歸蜀中拜掃

大羅天上神仙客，濯錦江頭花柳春。不爲碧鷄稱使者，惟令白鶴報鄉人。

送元二使安西

渭城朝雨浥輕塵，客舍青青柳色新。勸君更盡一杯酒，西出陽關無故人。

按：詩題，《樂府詩集》作『渭城曲』。《詩人玉屑》作『贈別』。

送別

送君南浦泪如絲，君向東州使我悲。爲報故人憔悴盡，如今不似洛陽時。

按：詩題，《萬首唐人絶句》作『齊州送祖二』。

送韋評事

欲逐將軍取右賢，沙場走馬向居延。遥知漢使蕭關外，愁見孤城落日邊。

靈雲池送從弟

金杯緩酌清歌轉，畫舸輕移艷舞回。自嘆鶺鴒臨水别，不同鴻雁向池來。

送沈子福歸江東

楊柳渡頭行客稀，罟師蕩槳向臨圻。惟有相思似春色，江南江北送君歸。

與盧員外象過崔處士興宗林亭

緑樹重陰蓋四鄰，青苔日厚自無塵。科頭箕踞長松下，白眼看他世上人。

寒食汜上作

廣武城邊逢暮春，汶陽歸客淚沾巾。落花寂寂啼山鳥，楊柳青青渡水人。

按：詩題，《文苑英華》作『寒食汜水山中作』，《國秀集》作『途中口號』。

戲題輞川别業

柳條拂地不須折，松樹披雲從更長。藤花欲暗藏猱子。柏葉初齊養麝香。

戲題盤石

可憐盤石臨泉水，復有垂楊拂酒杯。若道春風不解意，何因吹送落花來。

寄河上段十六

與君相見即相親，聞道君家在孟津。爲見行舟試借問，客中時有洛陽人。

按：此詩亦載《盧象集》中。

菩提寺禁裴迪來相看説逆賊等凝碧池上作音樂供奉人等舉聲便一時泪下私成口號誦示裴迪

萬户傷心生野烟，百官何日再朝天。秋槐葉落空宫裏，凝碧池頭奏管弦。

涼州賽神 時爲節度判官，在涼州作。

涼州城外少行人，百尺峰頭望虜塵。健兒擊鼓吹羌笛，共賽城東越騎神。

劇嘲史寰

清風細雨濕梅花，驟馬先過碧玉家。正值楚王宮裏至，門前初下七香車。

嘆白髮

宿昔朱顔成暮齒，須臾白髮變垂髫。一生幾許傷心事，不向空門何處銷。

失題

清風明月苦相思，蕩子從戎十載餘。征人去日殷勤囑，歸雁來時數寄書。

按：顧元緯本、凌本俱載此首，亦見《萬首唐人絶句》。○顧元緯本、《萬首唐人絶句》作李龜年所歌，凌本作雜詩，《樂府詩集》作《伊州歌》第一疊。

哭殷遥

送君返葬石樓山，松柏蒼蒼賓馭還。埋骨白雲長已矣，空餘流水向人間。

按：詩題，《國秀集》《唐詩紀事》俱作『送殷四葬』。

疑夢

莫驚寵辱空憂喜，莫計恩讐浪苦辛。黄帝孔丘何處問，安知不是夢中身。

按：此詩見《事文類聚》。

句

人家在仙掌，雲氣欲生衣。見董逌《畫跋》、楊慎《詩話補遺》。

附録

唐書本傳

（北宋）歐陽修　宋　祁

王維字摩詰，九歲知屬辭，與弟縉齊名，資孝友。開元初，擢進士，調太樂丞，坐累爲濟州司倉參軍。張九齡執政，擢右拾遺。歷監察御史。母喪，毁幾不生。服除，累遷給事中。

安禄山反，玄宗西狩，維爲賊得，以藥下痢，陽瘖。禄山素知其才，迎置洛陽，迫爲給事中。禄山大宴凝碧池，悉召梨園諸工合樂，諸工皆泣，維聞悲甚，賦詩悼痛。賊平，皆下獄。或以詩聞行在，時縉位已顯，請削官贖維罪，肅宗亦自憐之，下遷太子中允，久之，遷中庶子，三遷尚書右丞。

縉爲蜀州刺史未還，維自表『己有五短，縉五長，臣在省户，縉遠方，願歸所任官，放田里，使縉得還京師』。議者不之罪。久乃召縉爲左散騎常侍。

上元初卒，年六十一。疾甚，縉在鳳翔，作書與別，又遺親故書數幅，停筆而化。贈秘書監。

維工草隸，善畫，名盛於開元、天寶間，豪英貴人虛左以迎，寧、薛諸王待若師友。畫思入神，至山水平遠，雲勢石色，繪工以爲天機所到，學者不及也。客有以《按樂圖》示者，無題識，維徐曰：『此《霓裳》第三疊最初拍也。』客未然，引工按曲，乃信。

兄弟皆篤志奉佛，食不葷，衣不文綵。別墅在輞川，地奇勝，有華子岡、欹湖、竹里館、柳浪、茱萸沜、辛夷塢，與裴迪游其中，賦詩相酬爲樂。喪妻不娶，孤居三十年。母亡，表輞川第爲寺，終葬其西。

寶應中，代宗語縉曰：『朕嘗於諸王座聞維樂章，今傳幾何？』遣中人王承華往取，縉裒集數十百篇上之。

歷代有關題咏

答王十三維

（唐）儲光羲

門生故來往，知欲命浮觴。忽奉朝青閣，回車入上陽。落花滿春水，疏柳映新塘。是日歸來暮，勞君奏雅章。

藍上茅茨期王維補闕

（唐）儲光羲

山中人不見，雲去夕陽過。淺瀨寒魚少，叢蘭秋蝶多。老年疏世事，幽性樂天和。酒熟思才子，谿頭望玉珂。

留别王侍御維

（唐）孟浩然

寂寂竟何待，朝朝空自歸。欲尋芳草去，惜與故人違。當路誰相假，知音世所稀。祇應守寂寞，還掩故園扉。

崔氏東山草堂

（唐）杜甫

愛汝玉山草堂静，高秋爽氣相鮮新。有時自發鐘磬響，落日更見漁樵人。盤剥白鴉谷口栗，飯煮青泥坊底芹。何爲西莊王給事，柴門空閉鎖松筠。

奉贈王中允維　（唐）杜甫

中允聲名久，如今契闊深。共傳收庾信，不比得陳琳。一病緣明主，三年獨此心。窮愁應有作，試誦白頭吟。

解悶　（唐）杜甫

不見高人王右丞，藍田丘壑蔓寒藤。最傳秀句寰區滿，未絶風流相國能。原注：右丞弟，今相國縉。

故王維右丞堂前芍藥花開悽然感懷　（唐）錢起

芍藥花開出舊闌，春衫掩淚再來看。主人不在花長在，更勝青松守歲寒。

題清源寺即王右丞宅陳迹。 （唐）耿湋

儒墨兼宗道，雲泉舊結廬。孟城今寂寞，輞水自紆餘。内學銷多累，西園易故居。深房春竹老，細雨夜鐘疏。陳跡留金地，遺文在石渠。不知登座客，誰得蔡邕書。

過胡居士覩王右丞遺文 （唐）司空曙

舊日相知盡，深居獨一身。閉門維有雪，看竹永無人。每許前山隱，曾憐陋巷貧。題詩今尚在，暫爲拂流塵。

過王右丞書堂二首 （唐）儲嗣宗

澄潭昔臥龍，章句世爲宗。獨步聲名在，千巖水石空。野禽悲灌木，落日吊清風。後學攀遺址，秋山聞草蟲。

萬樹影參差，石牀藤半垂。螢光雖散草，鳥跡尚臨池。風雅傳今日，雲山想昔時。感深蘇屬國，千載五言詩。右丞昔陷賊庭，故有此句。

王維終南草堂 （元）吴 鎮

昔人謝政後，生事此山中。樹灑虚堂雨，泉飛隔浦風。喜無舟楫至，旋有鶴猿通。應識無聲妙，臨窗展未窮。

輞川謁王右丞祠 （明）敖 英

蜀棧青騾不可攀，孤臣無計出秦關。華清風雨蕭蕭夜，愁殺江南庾子山。

讀右丞五言 （明）李日華

紫禁神仙侣，青霄侍史郎。明心寒水骨，妙語出天香。烟壑從疏散，花洲坐渺茫。菁華時攬擷，珠玉亂輝光。

詩評

王右丞、韋蘇州，澄澹精緻，格在其中，豈妨于遒舉哉？司空圖《與李生論詩書》

右丞、蘇州，趣味澄敻，若清流之貫達。司空圖《與王駕評詩書》

爲詩欲清深閑淡，當看韋蘇州、柳子厚、孟浩然、王摩詰、賈長江。《詩人玉屑》

王右丞如秋水芙蕖，倚風自笑。《詩人玉屑》引《臞翁詩評》

王摩詰詩，渾厚閑雅，覆蓋古今，但如久隱山林之人，徒成曠淡也。《西清詩話》

顧長康善畫而不能詩，杜子美善作詩而不能畫。從容二子之間者，王右丞也。《詩話總龜》

蓋詩者，樂之苗裔與？漢之蘇李，魏之曹劉，得其正始。宋齊而下，得其浮淫流佚。唐之時，子昂、李、杜、沈、宋、王維之徒，或得其淳古淡泊之聲，或得其舒和高暢之節；而孟郊、賈島之徒，又得其悲愁鬱堙之氣。歐陽修《書梅聖俞藁後》

右丞、蘇州，皆學于陶，王得其自在。《後山詩話》

孟浩然、王摩詰詩，自李、杜而下，當爲第一。老杜詩云：『不見高人王右丞。』又云：『吾憐孟浩然。』皆公論也。《許彦周詩話》

詩非苦吟不工，信乎？古人如孟浩然，眉毛盡落；裴祐袖手，衣袖至穿；王維走入醋甕。皆苦吟者也。《雲仙散録》

韋蘇州詩，韻高而氣清；王右丞詩，格老而味長。皆五言之宗匠。然互有得失，不無優劣。以標韻觀之，右丞詩格老而味遠，不逮蘇州；至

其詞不迫而味甚長，雖蘇州亦不及也。《歲寒堂詩話》

王維詩典重靚深，學者不察，失于容冶。《木天禁語》

王維之作，如上林春曉，芳樹微烘，百囀流鶯，宫商迭奏。黄山紫塞，漢館秦宫，芊綿偉麗于氤氲杳渺之間，真所謂有聲畫也。非妙于丹青者，其孰能之？矧迺辭情閑暢，音調雅馴，至今人師之誦之，爲楷式焉。《史鑒類編》

詩總不離乎才也：有天才，有地才，有人才。吾于天才得李太白，于地才得杜子美，于人才得王摩詰。太白以氣韻勝，子美以格律勝，摩詰以理趣勝。太白千秋逸調，子美一代規模。摩詰精大雄氏之學，句句皆合聖教。《而菴説唐詩》

王維詩，高者似禪，卑者似僧，奉佛之應哉，人心係則難脱。空同子

唐詩，李、杜之外，孟浩然、王摩詰足稱大家。王詩豐縟而不華靡，孟

詩却專心古澹，而悠遠深厚，自無寒儉枯瘠之病。儲光羲有孟之古，而深遠不及；岑參有王之縟，而又以華靡掩之。故子美稱『吾憐孟浩然』，稱『高人王右丞』，而不及儲、岑，有以也乎。《麓堂詩話》

王摩詰、孟浩然、韋蘇州，片言隻字，皆不入俗。西麓周氏

晁補之云，右丞妙于詩，故畫意有餘；余謂右丞精于畫，故詩態轉工。鍾伯敬有云：畫者有烟雲養其胸中，此是性情文章之助。劉士鏻《文致》

王維因鼓《鬱輪袍》登第，而集中無琵琶詩。畫思入神，山水平遠，雲勢石色，繪者以爲天機所到，而集中無畫詩。豈非藝成而下，不欲言耶？抑以樂而娛貴主，以畫而奉崔圓，而不欲言耶？《韻語陽秋》

右丞『遠樹帶行客，孤城當落暉』，『帶』字『當』字極佳，非得畫中三昧者，不能下此二字。《青軒詩緝》

王右丞五言有絶佳者，如《瓜園贈裴十一迪》《納凉》《濟上四賢咏》諸篇，格調既高，而寄興復遠，即古人詩中，亦不能多見者。今選詩者俱不之取，獨以《西施咏》之類入選，此不知何謂？《四友齋叢説》

山谷老人曰：余頃年登山臨水，未嘗不讀王摩詰詩『行到水窮處』云云，顧知此老胸次，定有泉石膏肓之疾。《苕溪漁隱叢話》

讀王摩詰詩，愛其『散髮晚未簪，道書行尚把』之句，因用爲韻，賦古風十首。陸放翁《劍南詩稿》

崔塗旅中詩：『漸與骨肉遠，轉于僮僕親。』詩話亟稱之。然王維鄭州詩：『他鄉絶儔侶，孤客親僮僕。』已先道之矣。且王語渾含勝崔。《升菴詩話》

王摩詰《燕子龕》詩，雄奇蒼鬱，非以李咸熙之筆寫之不可。《芥子園

畫傳》

右丞詩長于山林，『河明閭井間』一聯，詩人所未有也；『牧童田犬』句，尤雅净。《瀛奎律髓》

右丞《漢江臨泛》詩中兩聯，皆言景，而前聯尤壯，足敵孟、杜岳陽之作。《瀛奎律髓》

王右丞詩云：『江流天地外，山色有無中。』是詩家極俊語，却入畫三昧。《弇州山人藁》

朱叔重嘗曰：王右丞『水田白鷺』『夏木黄鸝』之詩，即畫也。李思訓數年，吴道元一日，其工夫學力所到者，畫即詩也。《鐵網珊瑚》

五言絶句，當以王右丞爲絶唱。《四友齋叢説》

摩詰《輞川》詩，余深愛之，每以語人，輒無解余意者。《朱子語録》

朱文公曰：律詩如王維、韋應物輩，自有蕭散之趣，未至如今日之細碎卑冗，無餘味也。公又言：余平生愛王摩詰詩云：『漆園非傲吏，自缺經世具。偶寄一微官，婆娑數株樹。』以爲不可及，而舉以語人，領解者少。《鶴林玉露》

『山下孤烟遠村，天邊獨樹高原。』非右丞工于畫道，不能得此語。米元暉猶謂右丞畫如刻畫，故余以米家山寫其詩。《畫禪室隨筆》

六言絶句，如王摩詰『桃紅復含宿雨』，及王荆公『楊柳鳴蜩緑暗』，二詩最爲警絶，後難繼者。《玉林詩話》

『桃紅復含宿雨，柳緑更帶春烟。花落家僮未掃，鶯啼山客猶眠。』每哦此句，令人坐想輞川春日之勝，此老傲睨閑適于其間也。《詩人玉屑》

曾子固謂蘇明允之文，豐而不餘一言，約而不失一辭，雖《春秋》立言，亦不過如是。概而論之，惟明允可以當此，非子固亦不能形容至此也。魯直以摩詰六言詩方得其法，乃真知摩詰者，惟其能知之，然後能發明其秘要。須咀嚼久，始信其難，然則何獨詩邪？凡落筆皆能如明允，斯可與論文矣。《姑溪集》

王維云：古之高者曰許由挂瓢，巢父洗耳。耳非駐聲之地，聲非染耳之跡，惡外者垢内，病物者自戕，此尚不能至于曠士，豈入道之門也。維之談名理如此，豈減晋人邪？《升菴文集》

余年十七八時，讀摩詰詩最熟，後遂置之者幾六十年。今年七十七，永晝無事，再取讀之，如見舊師友，恨間闊之久也。嘉泰辛酉五月六日，龜堂南窗書。陸游《跋王右丞集》

論近體者，必稱盛唐，若藍田王右丞維，亦其一也。其爲律絶句，無問五七言，皆莊重閑雅，渾然天成；至于古詩，句本冲澹，而興則悠長，諸詞清婉流麗，殆未可多訾。楊伯謙選唐詩，論次其尤，載在正音，而晦翁先生考定《楚辭後語》，亦存其山中人等作，良有以邪。詩凡六卷，并附裴迪諸人詩，共若干卷，劉須溪蓋嘗校之。宋元舊刻，歲遠不存，近刻于蜀，字畫頗舛謬脱落，夔以督鹺分司，迎鑾公暇，特加披閲，粗爲辯正。遂出俸資之餘，令善小楷者書之，鏤人翻刻如本，用裨詩壇採覽之便。廣信呂夔《王右丞集序》

高棅選《唐詩品彙》，五古七古，以王維爲名家；五律七律五排五絶，以王維爲正宗；七絶以王維爲羽翼。其《五古叙》云：『詩莫盛于唐，莫備于盛唐，論者推李、杜二家爲尤，其間又可名家者十數公。至如子美所贊咏者，王維、孟浩然；所友善者，高適、岑參。乾元以後，劉、錢接蹟，韋、柳光前，人各鳴其所長，今觀襄陽之清雅，右丞之精緻，儲光羲之真率，王江寧之聲俊，高達夫之氣骨，岑嘉州之奇逸，李頎之冲秀，常建之超凡，劉隨州之閑曠，錢考功之清贍，韋之静而深，柳之温而密，此皆宇宙山川，英靈間氣，萃於時以鍾於人者也。』《七古叙》云：『盛唐工七言古調者多，李、杜而下，論者推高、岑、王、李、崔顥數家爲勝。竊嘗評之，若夫張皇氣勢，陟頓始終，綜覈乎古今，博大其文辭，則李、杜尚矣。至於沉鬱頓挫，抑揚悲壯，法度森嚴，神情俱詣。一味妙悟，而佳句輒來，遠出常情之外。之數子者，與李、杜并驅而争先矣。』《五律叙》云：『盛唐律句之妙者，李翰林氣象雄逸，孟襄陽興致清遠，王右丞詞意雅秀，岑嘉州造語奇峻，高常侍骨格渾厚。』《七律叙》云：『盛唐作者雖不多，而聲調最遠，品格最高，賈至、王維、岑參《早朝》倡和之作，當時各極其妙；王之衆作，尤勝諸人。』《五言排律叙》云：『開元後作者之盛，聲律之備，獨王右丞、李翰林爲多，而孟襄陽、高渤海，實相與並鳴。』《五言絶句叙》云『開元後，獨李白、王維尤勝諸人』云云。《唐詩品彙》

李林甫《璚嶽應制》曰：『雲收二華出，天轉五星來。十月農初罷，三驅禮後開。』兩聯皆用數目字，不可爲法。王摩詰《送丘爲》曰：『五湖三畝宅，萬里一歸人。』此聯疊用數目字，不爲病也。《詩家直説》

絶句如王摩詰『廣武城邊逢暮春，汶陽歸客淚沾巾。落花寂寂啼山鳥，楊柳青青渡水人』，與『渭城朝雨』一篇，韋應物『雨中禁火空齋冷，江上流鶯獨坐聽。把酒看花想諸弟，杜陵寒食草青青』，皆風人之絶響也。《詩家直説》

詩人之詩，字句不苟，王維諸人是也。才子之詩，句字章法，若罔聞

知，李白諸人是也。困學之詩，格調詞意，匠心措置，杜甫諸人是也。閑適之詩，并詩俱忘，陶潜諸人是也。《彈雅》

詩貴意，意貴遠不貴近，貴淡不貴濃。如杜詩『鈎簾宿鷺起，丸藥流鶯轉』，李詩『桃花流水窅然去，别有天地非人間』，摩詰『反景入深林，復照青苔上』，皆淡而濃，近而遠，可爲知者道也。《李杜詩緯》

律詩貴工於發端，承接二句，尤貴得勢，如懶殘履衡岳之石，旋轉而下。此非有伯昏無人之氣者，不能也。如『萬壑樹參天，千山響杜鵑』，下即云『山中一夜雨，樹杪百重泉』；『昔聞洞庭水，今上岳陽樓』，下即云『吴楚東南坼，乾坤日夜浮』；『古戍落黄葉，浩然離故關』，下即云『高風漢陽渡，初日郢門山』；『錦瑟怨遥夜，繞絃風雨哀』，下即云『孤燈聞楚角，殘月下章臺』：此皆轉石萬仞手也。《分甘餘話》

王右丞文集十卷，寶應二年正月七日，王縉搜求其兄詩筆十卷，隨表奉進。此刻是麻沙宋板，集中《送梓州李使君》詩，亦如牧翁所跋，作『山中一半雨，樹杪百重泉』，知此本之佳也。《讀書敏求記》

玄、肅以下詩人，其數什百。語盛唐者，唯高、王、岑、孟四家爲最；語四家者，唯右丞爲最。其爲詩也，上薄騷雅，下括漢魏，博綜群籍，漁獵百氏。于史、子、蒼、雅、緯候、鈐決、内學、外家之説，苞并總統，無所不闚，郵長于佛理。故其摛藻奇逸，措思冲曠，馳邁前榘，雄視名俊。凡今長老薦紳之屬，工爲詩者，恒嗟賞而雅崇之，殆與耳食無異。顧起經《題王右丞詩箋小引》

維詩詞秀調雅，意新理愜，在泉爲珠，着壁成繪，一句一字，皆出常境。《河嶽英靈集》

味摩詰之詩，詩中有畫；觀摩詰之畫，畫中有詩。《東坡題跋·書摩詰藍田烟雨圖》

世以王摩詰律詩配子美，古詩配太白，蓋摩詰古詩能道人心中事而不露筋骨，律詩至佳麗而老成……雖才氣不若李、杜之雄杰，而意味工夫，是其匹亞也。摩詰心淡泊，本學佛而善畫，出則陪岐、薛諸王及貴主游，歸則饜飫輞川山水，故其詩于富貴山林，兩得其趣。《歲寒堂詩話》

右丞詩發秀自天，感言成韻，詞華新朗，意象幽閑。上登清廟，則情近珪璋；幽徹丘林，則理同泉石。言其風骨，固盡掃微波；採其流調，亦高跨來代。于《三百篇》求之，蓋《小雅》之流也。而頌聲之微，夫亦風氣所臨，不能洗濯而高視也。《唐詩品》

摩詰以淳古澹泊之音，寫山林閑適之趣，如輞川諸詩，真一片水墨不着色畫。及其鋪張國家之盛，如『九天閶闔開宮殿，萬國衣冠拜冕旒』『雲裏帝城雙鳳闕，雨中春樹萬人家』，又何其偉麗也！《震澤長語》

右丞五言，工麗閑澹，自有二派，殊不相蒙。『建禮高秋夜』『楚塞三江接』『風勁角弓鳴』『揚子談經處』等篇，綺麗精工，沈、宋合調者也。『寒山轉蒼翠』『一從歸白社』『寂寞掩柴扉』『晚年惟好静』等篇，幽閑古澹，儲、孟同聲者也。《詩藪》

盛唐七言律稱王、李。王才甚藻秀，而篇法多重。『絳幘鷄人』，不免服色之譏；『春樹萬家』，亦多花木之纍。『漢主離宮』『洞門高閣』，和平閑麗，而斥兩微劣。『居延城外』甚有古意，與『盧家少婦』同，而音節太促，語句傷直，非沈比也。《詩藪》

太白五言絶自是天仙口語，右丞却入禪宗。如『人閑桂花落，夜静深山空。月出驚山鳥，時鳴春澗中。』『木末芙蓉花，山中發紅萼。澗户寂無人，紛紛開且落。』讀之身世兩忘，萬念皆寂，不謂聲律之中，有此妙詮。《詩藪》

仲默云：右丞他詩甚長，獨古作不逮。讀其集，大篇句語俊拔，殊乏完章；小言結構清新，所少風骨。《唐音癸籤》

摩詰寫色清微，已望陶、謝之藩矣，第律詩有餘，古詩不足耳。離象得神，披情著性，後之作者誰能之？世之言詩者，好大好高，好奇好異，此世俗之魔見，非詩道之正傳也。體物著情，寄懷感興，詩之爲用，如此已矣。《詩鏡總論》

王摩詰、孟浩然才力不逮高、岑，而造詣實深，興趣實遠，故其古詩雖不足，律詩體多渾圓，語多活潑，而氣象風格自在，多入于聖矣。《詩源辯體》

摩詰才力雖不逮高、岑，而五七言律風體不一。五言律有一種整栗雄麗者，有一種一氣渾成者，有一種澄淡精緻者，有一種閑遠自在者。如『天官動將星』『單車曾出塞』『横吹雜繁笳』『不識陽關路』等篇，皆整栗雄厚者也。如『風勁角弓鳴』『絶域陽關道』『建禮高秋夜』『憐君不得意』等篇，皆一氣渾成者也。如『獨坐悲雙鬢』『寂寞掩柴扉』『松菊荒三徑』『言從石菌閣』『岩壑轉微徑』等篇，皆澄淡精緻者也。如『清川帶長薄』『寒山積蒼翠』『晚年惟好静』『主人能愛客』『重門朝已啓』等篇，皆閑遠自在者也。至如『楚塞三湘接』既甚雄渾，『新妝可憐色』則又嬌嫩。若高、岑才力雖大，終不免一律耳。《詩源辯體》

摩詰七言律亦有三種：有一種宏贍雄麗者，有一種華藻秀雅者，有一種淘洗澄净者。如『欲笑周文』『居延城外』『絳幘鷄人』等篇，皆宏贍雄麗者也。如『渭水自縈』『漢主離宮』『明到衡山』等篇，皆華藻秀雅者

也。如『帝子遠辭』『洞門高閣』『積雨空林』等篇，皆淘洗澄净者也。是亦高、岑之所不及也。《詩源辯體》

摩詰五言絶，意趣幽玄，妙在文字之外。摩詰《與裴迪書》略云：『夜登華子岡，輞水淪漣，與月上下；寒山遠火，明滅林外；深巷寒犬，吠聲如豹；村墟夜舂，復與疏鐘相間。此時獨坐，僮僕静默，每思曩昔携手賦詩，倘能從我游乎？』摩詰胸中滓穢净盡，而境與趣合，故其詩妙至此耳。《詩源辯體》

唐無李、杜，摩詰便應首推，昔人謂『如秋水芙蕖，倚風自笑』，殊未盡厥美，庶幾『咳唾落九天，隨風生殊玉』耳。三人相較，正猶留侯無收城轉餉之功，襟袖帶烟霞之氣，自非平陽、曲逆可伍。《載酒園詩話又編》

少陵絶句多不甚着意，太白七言獨步，五言其稍次也。味淡聲希，言

近指遠，乍觀不覺其奇，按之非復人間筆墨，唯右丞也。昔人謂讀之可以啓道心、浣塵慮。《唐音審體》

右丞五排，秀色外腴，灝氣内充，由其天才敏妙，盡得風流，氣骨遂爲所掩。一變而入郎、錢，秀麗勝而沉厚之氣亦減，此風氣之一關也。《唐詩觀瀾集》

右丞詩榮光外映，秀色内含，端凝而不露骨，超逸而不使氣，神味綿渺，爲詩之極則，故當時號爲『詩聖』。《唐詩觀瀾集》

意太深、氣太渾、色太濃，詩家一病，故曰『穆如清風』。右丞詩每從不着力處得之。《唐詩别裁》

右丞五言律有二種：一種以清遠勝，如『行到水窮處，坐看雲起時』是也；一種以雄渾勝，如『天官動將星，漢地柳條青』是也。當分别觀之。

《唐詩别裁》

輞川于詩，亦稱一祖。然比之杜公，真如維摩之于如來，確然别爲一派。尋其所至，只是以興象超遠，渾然元氣，爲後人所莫及；高華精警，極聲色之宗，而不落人間聲色，所以可貴。然愚乃不喜之，以其無血氣無性情也。譬如絳闕仙宫，非不尊貴，而于世無益；又如畫工，圖寫逼肖，終非實物，何以用之？稱詩而無當于興、觀、群、怨，失《風》《騷》之旨，遠聖人之教，亦何取乎？政如司馬相如之文，使世間無此，殊無所損。但以資于館閣詞人，醖釀句法，以爲應制之用，誠爲好手耳。《昭昧詹言》

輞川叙題細密不漏，又能設色取景，虚實布置，一一如畫，如今科舉作墨卷相似，誠萬選之技也。《昭昧詹言》

摩詰五言古，雅淡之中，别饒華氣，故其人清貴；蓋山澤間儀態，非

山澤間性情也。《峴傭説詩》

摩詰七古，格整而氣斂，雖縱横變化不及李、杜，然使事典雅，屬對工穩，極可爲後人學步。《峴傭説詩》

摩詰七律，有高華一體，有清遠一體，皆可效法。《峴傭説詩》

其源出于應德璉、陶淵明。五言短篇尤勁，《寓言二首》直是脱胎《百一》。『楚國狂夫』諸咏，則《咏貧士》之流；『田舍』諸篇，《閑居》之亞也。七言矩式初唐，獨深排宕；律詩神超，發端亦遠。夫其煉虚入秀，琢淡成腴，變六代之深渾，發三唐之明艷，而古芳不落，夕秀方新，司空表聖云『如將不盡，與古爲新』，誠斯人之品目，唐賢之高軌也。《三唐詩品》

趙鐵岩曰：右丞通于禪理，故語無背觸，甜澈中邊。空外之音也，水中之影也，香之于沉實也，果之于木瓜也，酒之于建康也，使人索之于離

即之間，驟欲去之而不可得，蓋空諸所有而獨契其宗。《唐宋詩舉要》

姚曰：盛唐人詩固無體不妙，而尤以五言律爲最。此體中又當以王、孟爲最，以禪家妙悟論詩者正在此耳。吴曰：王、孟詩專以自然興象爲佳，而有真氣貫注其間，斯其所以爲大家也。《唐宋詩舉要》

姚曰：右丞七律能備三十二相似，而意興超遠，有雖對榮觀燕處超然之意，宜獨冠盛唐。《唐宋詩舉要》